人生は、だまし　だまし

田辺聖子

角川文庫 13729

人生は、だまし　だまし――目次

究極のあわれ

これまで私は長い間に短篇の恋愛小説を少なからずものしてきたが、後期にはともかく、若盛りのころは、

(アフォリズムのない恋愛小説なんて、気のぬけたワイン、栓を開けて久しくたったビールのようなものだ)

と思いこんでいたから、必ず、アフォリズムやそれに類した警句などを創出するのに躍起になっていた。今から思うとそれも若さの気負いである。ナニ、アフォリズムを必要としない書き方もあるのだ。そもそも一つの恋を書こうとすることが、ある主張なのだから、作品全体がアフォリズムの表象であるともいえるのだ。

しかし私はかなり早くから『ラ・ロシュフコー箴言集《しんげん》』などに親昵《しんじつ》しており、アフォリズムそのものに心酔していた。作家デビューして間なしのころ(といっても、万

事、不敏で晩稲《おくて》の私はすでに三十歳をすぎていたが）、ある人に愛読書は何か、と聞かれた。で、私は右の書を挙げた。本当のことだったからだ。彼は微苦笑を洩《も》らしたが、それは（しゃらくさい）というより、

（しゃーない奴ちゃなあ……）

と匙《さじ》を投げた、というようにみえた。

（もっと可愛《かわい》げあること、いわんかい、女の物書きらしィに……）

という気配も感じられた。そのころハヤったサルトルや野間宏《のまひろし》、埴谷雄高《はにやゆたか》などの名を挙げれば、いかにも文学少女っぽく可憐《かれん》で、彼は、微苦笑ではなく、微笑してうなずいてくれたであろうが。――私はその男性に好意をもっていたから、よく思われたかったのに、どうやら期待に反したらしいと気付き、（まずったか⁉）と内心、周章《しゅうしょう》した。

（結果からいえば、私の可愛げなさにもかかわらず、彼はその後も私をよく庇護《ひご》してくれて、いい兄貴分であった。ついでにいうと私は文筆生活を始めてから、人生的にも文壇的にもいい〝兄貴分〟に恵まれたのは有難い。文壇的にいうと小松左京サンといい、筒井康隆サン、眉村卓サン、藤本義一サン、みなそうだ。なぜかそのころ関西

　ところで「ラ・ロシュフコーの箴言」の向うを張って、私は恋愛小説の香辛料としてアフォリズムを用いたかったのだった。

　いま『ラ・ロシュフコー箴言集』は岩波文庫で読める（二宮フサ訳）。『運と気まぐれに支配される人たち――ラ・ロシュフコー箴言集』という角川文庫もある。ちょっぴりにがくて意地悪なこのモラリスト文学は、いま読んでもやっぱり新鮮でおいしい。

「二人がもう愛し合わなくなっている時は、手を切るのも大そう難しい」（351）

「よい結婚はあるが楽しい結婚はない」（113）

「何かを強く欲する前に、現にそれを所有する人がどれだけ幸福かを確かめておく必要がある」（MP44）

　だとかは今も人を笑わせる……そう、アフォリズムは笑いを伴うのである。そして私は、そのかみ〈恋愛小説〉に〈ユーモア〉は不可欠だとも確信していた。それが私をアフォリズムに拘泥させたのかもしれない。

　近年、私の小説中のアフォリズムを抽出して（そこにはたいへんな編集者の辛労があったろうことは想像するに難《かた》くない。感謝あるのみ）本に仕立てて頂いたのが何冊かある。それらは世上に送られて若干の読者も得たが、抽出されてみると、言い足りない憾《うら》みもあり、補足の要も発見され、かつ、年を重ねたいまは、そこからさまざまの想念も湧くようになった。〈アフォリズム〉を飴玉《あめだま》のように口中でころがして楽しみつつ、その〈想念〉をほどき、くりひろげてみようと思う。

さて、私の提示するアフォリズムはまず、

「零落《おちぶれ》の極北において
　母子は崇高だが
　夫婦はアワレである」（〝小説家の手帖〟『猫なで日記』から）

――この零落は説明が要る。究極的な生存困難の状況とか、のっぴきならない人生の悲運、避けようのない不幸、というようなときである。

誰もが記憶していられると思うが、ベトナム戦争の報道写真の一枚に、戦火を逃れようと母子四人が濁流を泳ぎ渡っているのがあった。戦争の悲惨、無辜《むこ》の庶民の苦難を雄弁に物語る写真であった。百万の言葉よりもその一枚の報道写真は、世界の人々に感動を与えた。母親は左腕に幼な子を抱き、必死に岸をふり仰ぐ。母にむらがりよりすがる、泣き顔の子供たち。

母子は無事に救出されたろうか。人生における究極の崇高というべく、人は粛然としてしまう。

また、あるときテレビを見ていたら、紛争の戦火を避けて国境を越える難民たちが映し出された。それぞれの家族たちの中で、ただ二人、初老の夫婦がひしと身を寄せあい、膝《ひざ》の上に載せた包みを抱き震えていた。しっかり身を寄せることで、先行きの不安と悲しみをまぎれさせようとするかのように。

映像は一瞬だったけれども、私にはその夫婦のたたずまいが、とても心痛く記憶に残った。〈哀切〉の極北であった。

老人ひとりで堪えている難儀もあわれだが、それはまわりがおせっかいを焼いて救われる場合もあって、まだ手のつけようの余地もあるといえる。

しかし夫婦の悲哀の場合の〈哀れ〉はもっと複雑だ。赤の他人だった同士が運命のめぐりあわせにより結ばれ、歳月と運命をのりこえ、得たものをすべて失ってまたもとの二人だけになって漂流する。母子の苦境はシンプルに崇高だが、夫婦の苦難は人生の歳月がうしろにあって、しみじみとしたあわれなのである。悲痛や憐憫《れんびん》というだけではない、同情ともちがう。ただ夫婦して流浪するいとおしさといおうか、それこそ夫と妻の相《すがた》といおうか、その愛の深さ、信頼が彼らの運命のつたなさをきわ立たせ、みじめさ、みすぼらしさに深い陰影をつくり、人の心を打つ。

母子づれの苦難と夫婦のそれとは色合《いろあい》が違うけれども、どちらも感動的で人に愛憐の思いをもたらす。

私が古典で〈夫婦のあわれ〉を感じるのは『源氏物語』の「御法《みのり》」の巻、紫の上が死ぬ場面である。

紫の上はもう四、五年前から病い勝ちで床につく日が多くなっている。源氏に新しく若い妻、女三の宮が降嫁してきてから十年あまり、さまざまのことがあったが、それでも紫の上の寛容でおだやかな性質と、源氏の愛情によって夫婦の危機をのりこえてきた。

紫の上はもう、いつ死んでもいい、と思っている。手塩にかけて育てた養女、明石《あかし》の中宮は次々と出産し、中宮としての地位も、帝《みかど》の愛もゆるぎなく、もう何の心配もない。

というより、中宮には、実母の明石の上が後見として宮中に入り、後宮社交を一手に引き受け、取りしきっている。中宮所生の第一皇子は立坊した。明石の上は、やがては帝のおばあちゃまになるというので、今や現実的な栄達に夢中で、源氏との夫婦関係、というより男女関係から、〈一、抜けた――〉と抜けてしまっているのである。

読者は「若菜」の巻上・下に至って、やっと作者の紫式部が、理想的な女性・紫の上に子供を持たせなかった理由を知る。

紫の上は継《まま》しい子に育ての親の愛をそそぐが、それは実母の愛と等質だとは思わない。

心暖いが聡明《そうめい》な紫の上は、理性的判断にも長《た》けている。病いの床で、

（もう、いつ死んでもいいわ。――心にかかる子供もいないし）

と冷静に思う。しかし源氏を残して死ぬのは心苦しい。

源氏との愛が確固たるものとなって、夫の過去のさまざまな恋もいまは二人の笑い話となった時も時、降って湧いたような女三の宮のご降嫁。六条院は新しい女あるじを迎えようとする。紫の上の愛とプライドの戦い。苦しみ、嘆き、それを周囲に知られたくない辛《つら》さ。この年になってまだこの苦しみにあおうとは。

紫式部は、紫の上に、男と女の相剋《そうこく》をとことん味わわせるために子供を持たせなかったのだ。男の背信（それはどんなに心こめて弁明しようとも）に苦悩し、男の無理解に絶望する紫の上。源氏は妻の苦しみを思いもやらず、〈あなたはしかし、親の家にのうのうといるようなものだから、のんきな人生だろう。女三の宮が輿入《こしい》れなさっても、あなたへの愛は変りはないのだからね〉などという。

〈そうね、傍目《はため》からはそうもみえましょうね。でもわたくしの心には堪えきれぬ悲しみが添うてはなれませんのよ、それがわたくしを護《まも》ってくれるご祈禱《きとう》になっているのかもしれませんわ〉

紫の上はかくて死ぬまで愛の葛藤《かっとう》からのがれられない。出家を乞《こ》うが源氏は許さない。子供に逃げることもできぬ。退路は断たれている。しかしそこで紫の上に転機が訪れる。紫の上が弱りに弱るので源氏はその看病に必死になる。もう源氏のあたまからは新しい妻も古い恋人も消えてしまう。最愛の女人は紫の上一人だったとわかる。紫の上の病状に一喜一憂する。

それを見たとき（いつ死んでもいい）と思っていた紫の上は、

（生きよう！　このかたのために生きていてあげなければ。このかたをあとへ残して

はおかわいそう……〉

という気になるのである。必死に薬湯を飲みながらも、心のうちには自分の亡きのちの源氏のあわれを思いやって悲しむ。

秋の庭を脇息《きょうそく》に寄って眺める紫の上。源氏はやってきて〈起きているのか。よかった、今日は気分がよさそうだね〉と喜ばしげにいう。

〈このくらいのことでも嬉《うれ》しがっていらっしゃる。でもわたくしの命は、庭の萩の露のよう。死んだらどんなにお嘆きになるか……〉

紫の上は詠む。

「おくと見るほどぞはかなきともすれば
　風に乱るる萩のうは露」

その歌のように紫の上は絶え入ってしまう。あとへ残す源氏を紫の上は「あはれ」としばしば表現している。それはながい夫婦の契りの歴史がいわせる言葉である。妻は夫をあとへ残すことが辛く、夫をいとおしむ。その心はもはや菩薩《ぼさつ》の心である。そういう男と女のたたずまいは、〈あわれ〉という言葉がぴったりだ。

『源氏物語』は夫婦の小説とも読める。幾組かの夫婦が登場するが、愛と死をめぐって源氏夫妻のたたずまいの〈あわれ〉があざやかに描かれるところ、私には興ふかい。夫婦というものは、しかく、あわれぶかい契りなのであろうか。究極の〈あわれ〉は夫婦にあるのだろうか。

金属疲労

人間も金属疲労が出てからがホンモノである。

これは最近、私のつくったアフォリズムであるが、自分でもあまりはっきりした説明はできそうにない。とくに、「人間も」の「も」の説明はむつかしい。「人間は」とすべきかもしれないが、そうすると一律に断じてしまうことになる。すべて物事は一刀両断にしてはいけない。――この、すぐ四文字が出るのはムカシ人間の特徴であろう。出すまいと思っても出てくるから仕方ない。それほど昔ながらの四文字熟語は便利にできてるのだ。漢字をなくせ、という主張も現代にはあるが、こんな便利な文化はないのである。ただし現実的にいってその伝統は日本文化から次第に消滅しつつある。若い者に、何でもいい、四文字熟語をいってご覧というと、驚倒するような答えが出てくる。曰《いわ》く、非常持出、曰く、共産主義、曰く、外科手術、曰く、調査結果、曰く、金賞銀賞……モウつきあいきれない。文化は一旦《いったん》断絶すると、その修復は至難のわざだ。

一瞥《いちべつ》で意味も語感も掬《すく》い取れる漢字。しかも長い言語伝統で生み出された明快正確な、成語・熟語を自在に駆使できれば、どんなに文章を操るのが楽であることか。

尤《もっと》も私自身、文学修行にいそしんでいた若いころは、そういう文化に反撥《はんぱつ》し、昔の教育のせいで四文字熟語の知識が豊富であるのを我ながら忌々しがっていた。そういう成語を手垢《てあか》に汚れた旧弊文化ときめつけ、出来得《できう》べくんば〝ひらかな〟で、平易な日常語で、しかもフレッシュな感じを出そうと四苦八苦していた。文壇デビューしてからおびただしく書いた短篇長篇、みなその苦心の結果である。しかしさすがに年を加えると付け焼刃の修練に疲れてきて、ええい、無駄な抵抗はやめろ、漢字を思うさま使うて何が悪いねん、と開き直り、評伝モノを書くときは、使いたいように漢字を使いまくってやった。胸がすうっとした。その代り読者から、〈いつもの本と違うて字引き引き引き読まんならんやないか、勝手が違うて読み辛《づら》い〉という叱言を頂いたりしたけれども。……

それはともかく、「人間は」というと大上段にふりかぶって確信ありげになるので、「人間も」の「も」に自信のあやふやな〈？〉を示唆しているつもり。

〈金属疲労〉という言葉は、昔は聞かなんだ言葉のように思われるが、今は辞書にもちゃんとのっている。手軽な『新明解国語辞典』によれば、

「金属疲労――振動の繰返しによる、金属の劣化現象。表面の傷の部分が、振動の増加と共に脆《もろ》くなり、やがて亀裂《きれつ》が広がって破壊に至る」

――とまあ、説明のねんごろでていねいなこと。

私などは金属というと頑丈この上なく、金剛不壊《こんごうふえ》（また出た）のものと思ってしまうが、金属でもヒビが入るらしい。やがて割れめが大きくなって破れそこなわれるとは。

人間も長い人生を生き擦《す》れていると、あらゆる苦難、辛労がふりつもる、体が傷むから心が弱くなるのか、その反対なのか、そこがそれ、〈劣化現象〉である。平たくいえば心身めためたとなる。若年のみぎりは向う見ずに強かった鼻っ柱が弱くなってゆく。（弱くならない人もいるだろうが）

語尾に、〈……〉がつくようになる。あるいは〈？〉。

断言、確言ということができない。

ましてや、大言壮語などということはとんでもない。喇叭《らっぱ》を吹くなんてどこの世界のことかと思う。

物事のけじめ、というのが、昔は大事だと思っていた。言いつくろってごまかそうとする人間を見ると、腹《はら》が煮えくり返り、とことん追及して白黒の決着をつけ、ぎゃふんといわせずにおかない気であった。(現実にはその通りにならなくとも)

それがいつか、

(ナアナア、ほどほどでもエエやないか)

と思うようになる。内心で、嘘つけ、と思っても、

(適当にあしろうたろか)

という言葉も思いつき、面皮《めんぴ》を剝《は》ぐというような、あざといことはしない。

(角《かど》が立っては引っこみつかんようになるのやないか)

と先々が読めてくる。ここなんである。

金属疲労は劣化の結果ではあるものの、〈先が読める〉という利点ももたらす。経験を積み、それが若干の見識を与える。

何かというと、〈見逃す〉〈聞き流す〉〈知らぬふり〉という新手の生きかたの発見である。世の中は複雑に絡みあっており、引きずり引っぱって、どこへ影響を及ぼすかしれないということをも学習する。といって、あまりに放恣《ほうし》でもならず、そのへんのかねあいのむつかしさも、オトナの修行である。

〈金属劣化〉の対応もなかなかに多事多端で、阿呆《あほう》ではできないということがわかる。〈劣化〉してくると、若い昔、懐抱《かいほう》していた信念もゆらぎ、同時に夢や情感もうすれてくるであろう。夢は達成されないだろうとみきわめる冷静な理性も劣化のおかげだ。反対に、人によっては叶《かな》わぬまでも、挑戦してみようという気になるかもしれない。これも〈金属疲労〉のおかげ。先が短い身、と自覚したら死にもの狂いの勇気も出てこようというものじゃないか。

そしてまた、昔の苦労や恨みつらみも、かなり色褪《いろあ》せた思い出になる。

私たちの世代は、昔受けた屈辱を忘れず、艱難《かんなん》に堪えていつか仇《あだ》をうつ、という人生の図式を教えこまれた。臥薪嘗胆《がしんしょうたん》、という語はそういうときに使う。安逸な生活に馴《な》れて昔の屈辱を忘れぬように、というので、薪の山に寝て、にがい獣の肝を嘗《な》め、そのたびに恨みをあらたにするのである。「遺恨ナリ十年一剣ヲ磨ク」という詩もあった。しかしこうやって昔日《せきじつ》の恨みを忘れず、雪辱《せつじょく》に成功するのは、かなりの才能とチャンスに恵まれた人である。昔日の恨みを昨日の如くに忘れないというのも才能のうちで、たいていの人は時間とともに恨みも風化し、劣化する。

時々思い出して腹を立てたりするが、そのころには相手も死んでいたり、零落したり、消息もわからずになっていたりして、今では大っぴらにそいつのワルクチを言挙《ことあ》げできる。

それにおのずと客観性も生まれるので恨みは笑い話となり、人に話すたびに話術は磨かれてきて、更に面白おかしく語られたりする。臥薪嘗胆して仇を報ずることも要らないわけだ。

また、わが越《こ》しかたの苦労を思って涙ぐむことも世の中にはある。自己憐憫《れんびん》の涙は甘い。

ところがこれも忘れることがあるのだ。時により鮮明に思い出すが、またふっと全く忘れることがあり、人に、

〈ちらとうかがいましたが、たいへんなご苦労なさったそうですね〉

といわれ、

〈あ、はいはい、ほんに、そういうこともありました〉
と答えるが、その瞬間までは忘れていたのである。ここでアフォリズムが二つ生まれる。

忘れるということはステキなことである。

苦労は、忘れてしまうと苦労でなくなる。

——忘れる、ということは金属の劣化であるが、それによって余計な負担は消失してゆく。

苦労や恨みを忘れてはならぬ、と思う年にも定年があるということだ。忘れるというより、気にならなくなってしまうのであろう。

そしてこの苦労だが、近頃の〈金属疲労〉の出た人間は、ムカシ人間のように、
〈若いときの苦労は買《こ》うてもせえ〉
だの、

〈苦労が人間を大成させる〉

だのはいわない。その代りに、

〈苦労は逃げえ〉

というのである。

逃げえ、というのは大阪弁では命令形で、逃げろ、になる。苦労した人間は大成するというのは本当かどうか。

劣化世代の人間としては、よくできた〈苦労人《にん》〉も見たが、苦労で人間が押しつぶされ、偏屈になり、片意地になり、ねじけてしまった人間も見た。

そんな奴が放つ害毒のエーテルと、苦労知らずの甘ちゃんが無邪気にふりまく物知らずの悪、どちらが世の中に有害かといえば、前者だと思う。世の中や人間のうらおもてを見知っての意地悪は、タチが悪くてえげつない。

トータルして、〈苦労〉はあまり人間にいいものを与えないようだ。……。（この、〈……〉も劣化世代の特徴で、人に訴えようと言い始めたものの、内省的になってしぼんでしまう、尻《しり》すぼみの語法である）

こうしてみてくると、劣化世代人間こそ、真のオトナではないか、と思いつくのである。

そこで冒頭の、「人間も金属疲労が出てからがホンモノである」という私の提案の意味がおわかり頂けたかと思う。

というのは、私はホンモノ、ニセモノを、〈オトナ〉か、〈オトナでない〉か、に分けて考えるのが好きだからだ。べつにオトナにならなくてもいいじゃないかという考えかたもあり、私はそちらも好きであるが、しかしやはり、オトナというのはつきあいやすい。

いままでのべたことを実行はせぬまでも、皮膚感覚で知っており、夢は達成されぬから夢だと知り、すべてナアナア、ほどほどですまし、適当にあしらい、東へいっては〈見逃したれ〉といい、西へいっては〈知らんふりしたれ〉といい、南へいっては〈苦労は逃げえ〉といい、北へいっては〈昔の恨みつらみは笑い話にしろ、受けるぞ〉という。色紙を出されると、

〈酔生夢死〉

だとか、

〈山川草木《さんせんそうもく》　悉有仏性《しつうぶつしょう》〉

だの、自分でもよくわからん文句を書き、依頼した側ももとよりわからず、べつに末代までの家宝にする気はないから、蔵《しま》っておきもせず、週末の大掃除にはゴミ袋へ入れられてしまうが、書き手も頼み手もべつに無残なこととも思わない。

オトナの夢の第一は「墓場に近き老いらくの　恋は怖るる何ものもなし」と歌った川田順の「老いらくの恋」(『恋の重荷』)で、これが理想であるが、まあ夢は夢である。若いときのように理屈もぶたず、人を説得しようと躍起にもならぬ。それは人間の限界を知るから。——そんな風に生きてて、何がおもろおまんねん、と若い衆《の》にふしんがられるが、内心ニンマリして、案外、世の中をたのしんでいる。してみると、金属疲労ニンゲンこそ、ホンモノのオトナといえるのではあるまいか。

惚れる

「女は自分が惚《ほ》れた男のことは忘れても、自分に惚れてくれた男のことは忘れない」

——これは昔、私が書いた恋愛長篇小説の一節であるが、原文はすこし違っており、

「人は自分が愛した者のことは忘れても、自分を愛してくれた者のことは忘れない」

というのであった。小説の中ではこのほうが座りがよく雰囲気が出る。

しかしアフォリズムとしては〈人〉は〈女〉に、〈愛する〉は〈惚れる〉に引き直した方が、意味がよくわかって具体的である。

女が男に惚れて片思いをするとする。恋は想像力の助けを借りて、相手の男をいやが上にも好ましく思わせてゆく。女はいよいよ思いつめる。

恋をうちあけようか、自分からくどくなんてはしたないと思われないかしら、しかし積極的に出なければとてもあの〈うすらバカ〉には（もちろんこの悪態には、せつ

ない恋ごころが裏打ちされているのである。気付いてくれない朴念仁《ぼくねんじん》に、やるせない怨《うら》みの涙イッパイ、というところ）通じないだろうし、——と女はためいきをつく。

遂に思いが昂《こう》じて爆発し、女は、ええい、イチかバチかやと、積極攻勢に打って出る。と、現代のひよわ男のこと、ビビって逃げてゆくのもいるだろう。個人的嗜好《しこう》もあるだろうし、男のお家の事情もあるだろうし。男の中には、

（受けて立ってもええけど、いまは時機が悪い。もうちょっと時機、ずらせまへんか）

と残念がっているのもあるかもしれない。

結果として不発に終った場合、女はイソップのお話ではないが、狐と酸っぱい葡萄《ぶどう》の関係となり、可愛さ余って憎さが百倍、

〈あんなんアカンわ。あいつ、アホやっ〉

ということになってしまうだろう。

そうして〈あー、あほらし。あんな男《やつ》のためにイライラ、がつがつして、あたら貴重な人生の時間を浪費してしもた……〉と反省、まあすべて、これ皆人生勉強や、と割り切って開き直る。

くどいて振られただけやんけ、べつにどう、っちゅうこと、あらへん、忘れてまえっ。かくて女は、恋した男を忘れるという段取り。

しかし、人生いろいろ、である。男の中には、折から時機も適《かな》い、何がな、おもろいこともがな、と待ち受けているのもいる。そういう男には、女から言い寄られるという予期せぬ出来ごとは、天来の幸運である。待ってましたというように、受けて立つのもいるだろう。男と女、熱のあがりかたに差があるとはいえ、それも恋に陰影をもたらして愉快だろう。

思いが叶《かな》った女は有頂天であるが、男は出おくれたため、いろいろ気持の運転機関の調整をしたり、欠けている部品の調達に忙しい。

しかしやっと運転開始、しばらくは蜜月《みつげつ》がつづく。

恋が叶って、いうことなしの人生至高至福の刻《とき》である。〈刻よ止まれ〉と思うのはこういう状況の折の願いであろう。しかし人生にはそういう時間は長く続かぬことになっている。次第に齟齬《そご》をきたし、軋《きし》みはじめる。というのも、――女は注文の多い種族だからである。

自分と等質の愛や恋を男に要求する。

しかし男の在庫には、その種類の商品はない。〈男〉という商店には、その〈手〉の商品は扱っておらず、

〈これではあきまへんか。タイプは違《ちゃ》いますけど、性能は同じです〉

と別のものをすすめたりする。女は承知しない。求めるものを、そっくり要求通り提出すべき、と男を恫喝《どうかつ》する。そのくせに、だ。

男が自我を矯《た》めて、女に同調すると、女はまた、気に入らない。そこまで惚れてきた男を、こんどは見くびってしまう。

やさしい男、自分の思い通りになる男が好きなくせに、そうなると見くびるとは、何と女とは〈あまのじゃく〉なものであろう。わざとのように逆らってばかりいるが、その実、女にしてみれば真剣なのである。

〈私、まちごうたこと、いうてますか〉という気だから男はたすからない。女に尽くせば尽くすほど女は、男を与《くみ》しやすしと呑《の》んでかかり、無理難題をいう。

やがて好むと好まざるによらず、別れの季節というものがめぐってくる。あらゆる恋は花を咲かせたら萎《しお》れるものだから。……

別れる予感が感じられたら、女はたいへんなテクニシャンになる。

ありったけの知恵を絞って男の愛をよみがえらせ、男に、今までになく自分を愛《いと》しい、と思わせようと努力する。

二人の愛をつなぎとめ、至高至福の刻《とき》よふたたび——と意図するためではない。じつはそれは〈別れる〉ための工作であるのだ。——いや、女というものは奸譎《かんきつ》（という言葉の、最高に美しい意味に於《おい》て——だが）なものであるのだ。

男はうまうまとそれに乗せられ、以前より女を愛しているような錯覚を抱かされてしまう。そこで女は別れてゆく。こういうアフォリズムは如何《いかが》であろうか。

女は愛されてると確信した時に別れられる種族である。

これは『源氏物語』の六条御息所《みやすどころ》を見てもわかる。年上の御息所の情熱を受けとめかねて源氏はたじたじとなっている。御息所は恋に疲れ、物思いに痩《や》せ、伊勢《いせ》の斎宮となった娘について伊勢へ下《くだ》ろうと思う。源氏がもしそれを熱心に止めたら、むしろ御息所は安心して下れるだろう。源氏の愛が確認できたら別れやすい。

あるいは、〈あ、そう、どうぞご自由に〉とつめたくあしらわれたら、これもまた

恋を思い切って京を出る理由になる。しかし源氏は、
〈私の気持は変りません。長い目でごらん下さいよ〉
などと、その場かぎりのお上手でいいつくろって、よけい、御息所を混乱させるのである。

御息所は源氏の妻・葵《あおい》の上を嫉妬《しっと》するあまり物の怪《け》となってとりついているという世間の噂にも心を痛める。――それは御息所の心柄とは言い条《ながら》、自分の無意識世界のことなので、みずからが負うべき罪ともいえないのだが――。

御息所としては源氏が、〈伊勢へいかれるとはとんでもない、私が許しません〉と強く反対してくれればと思う。それなのに源氏は〈私を捨てていこうと思われるのも尤《もっと》もですがね〉などと持ってまわった言い方をして、御息所を苦しめるのである。

そのうちに、御息所の出京の日が近付くにつれ、さすがに源氏も居たたまれずに、御息所を訪れる。

折しも嵯峨野《さがの》の秋、かれがれの虫の音《ね》に松風、ものさびしい夜、二人は語り明す。原典にはあからさまに書かれていないが、二人は最後のわかれに臨んで愛の時間を持ったと解釈すべきであろう。源氏はさまざまの事件で御息所と疎遠になっていたもの

の、面と向えばやはり、御息所の魅力に魅せられる。美しく教養高い貴婦人、源氏がいっときは深く愛した女人である。源氏は「あはれとおぼし乱るること限りなし」（「賢木《さかき》」の巻）――〈伊勢などへいらっしゃらないで下さい、思いとどまって下さい、私のために。愛しています〉

ついに源氏はいった。御息所の聞きたかったそのひとことを。その時の感情は嘘ではない。御息所はひそかに決心がつく。愛されているからには別れられる、と思う。夜はようよう明けてゆく。源氏は御息所の手をとって離さない。男は過ぎし日の恋を思い出して今更のように御息所に未練が起き、御息所は迷いながらも、明け方の空の霧が晴れるように別れの決心がついたのを、淋《さび》しくもあわれにも思うのである――。

自分が惚《ほ》れた男でも、そんな風に〈別れ〉で完結すると女は忘れてしまう。

しかし惚れてくれた男は忘れないとは、どういうのであろうか。これは私の思うに、自分のほうに余裕があり、その男から熱をあげてきたんだから、取捨選択の自由は自分にある、という自信のせいであろう。

惚れてくれたほうは日も夜も忘れないかもしれないが、こちらはついつい失念しており、

〈えー、このあいだ手紙を書いて置いといたんですが、読んで頂けたでしょうか〉

などと遠慮がちに男にいわれ、

〈えーっ、そんなことありましたっけ⁉　私、ブティックのセール案内とばっかり思って屑籠《くずかご》に捨てちゃった、ごめん〉

なんてことになったりする。

しかしながら、言い寄ってくる男、というのはなつかしくも憎めない。

たとえ自分の好みとちがうと思っても、だ。

若年のみぎりは、

(あ、あたしのタイプじゃない)

となると一刀のもとに切り捨てる。取りつく島もないという手荒い扱いであったが、ひと年拾《とし》う、というか、トシが締《しま》る、というか、浮き世の諸訳《しょわけ》も知り尽くした年ともなると、思いがけぬ恋の告白を聞いても、

〈いやー、うれしいことを聞かせてくれるわねえ、この年になってまだこんないいことがあるとは〉なんてあしらう。これは要するに、現代は女をも〈オジン〉に、あるいは〈サムライ〉にする時代だということであろう。

働いている女は義理と人情のしがらみで縛られ、心のままに動けないのが、現代人間社会の現状である。女にしっかりした働き手がふえるということは、女も男のような生きざまを踏襲させられることである。

男に言い寄られて、

〈厚意謝《しゃ》するに余りあり〉

芳志かたじけなく痛み入るが、まわりを見廻《みまわ》して自重自制、自粛を強いられるのが女の人生となってきた。これを女の〈オジン化〉、女の〈サムライ化〉という。

巧みにたちまわって厚志に酬《むく》いる、というやりかたもあるが、女も役付になって部下を持ったりし、その部下から言い寄られてもどうしようもない。厚志に酬《むく》い得ないのは人生の痛恨事《つうこんじ》である。といって若いときならいざ知らず、酔余《すいよ》の座興にごまかすこともできない。

実人生で、その男と別れても、くどかれた思い出は内攻して美化される。

なおいえば、男の惚れ人《て》には〈惚れた弱み〉というひけ目がつきまとい、それはなかなかに佳《よ》きものなのだが、女が男に惚れたって〈惚れた弱み〉のいい風情は漂わない。何しろ女は、〈私、まちごうたこと、いうてますか〉の大家だから、鼻っ柱は強い。弱みなんか、クスリにしたくもないのだ。

女は漠然とそれを感じて、惚れてくれた男に好意をもつ。忘れられない所以《ゆえん》であろう。

寝首

このあいだ平成十三年の運勢暦をみていたら、私は九紫火星《きゅうしかせい》であるが、〈飛躍運〉となっていて大白星《おおしろぼし》大盛運ではないか。「何事も思い通りに運ぶ」とあるが、今まででも自分なりに〈思い通り〉になったと思っているものを、それ以上の〈思い通り〉というのは、いかになりゆく身の上にやあらん。

しかし、だ。

ここでイイ気になってはいけない。

〈勝って兜《かぶと》の緒《お》をしめよ〉

ということがある。この格言は昔の人の愛好したものだが、現代の若い子にいってもピンとこぬだろう。第一、カブトといっただけで、

〈あ、武具→戦争→軍国主義〉

とたちまちミリタリズム・アレルギーを起し、声が裏返るという仕儀。話も通じない。

武者絵《むしゃえ》、というのもあまり見ることはないだろうから、鍬形《くわがた》打ったる兜のりりしさも知らない。ミリタリズムなんかに関係なく、男の美学の象徴のようなもの、合戦が勝利に終れば、いそぎ重い兜を脱いで気楽になるところだが、安易に気をゆるしてはいけないという教え。勢いを盛り返した敵が夜襲をかけてくるかもしれぬ。古来から、戦勝の美酒に酔うているとき敵の反撃をくらって、一挙に滅ぼされた例は数知れない。よって勝利を得たときほど、心を引きしめ兜の緒をしめ直せ、という格言である。格言は箴言《しんげん》とちがい、教訓臭を含む。万人が服用できる万能薬である。宗派に関係ない〈山上の垂訓〉である。――というわけで、大盛運を保証されても私はイイ気になっていられない。

兜ならぬ、心を引きしめなくてはならぬ。

それというのも、私は〈運命〉の偏屈さに今までの人生、手を焼いているからである。

こうなるだろうと予測し、大地を打つ槌《つち》ははずれても、自分の予測ははずれないだろうと思っていると、はずれる。

反対に思ってもいない方面から、ぽろっとほころびが出て、そちらのお手当ては全くしていなかったから、周章狼狽《しゅうしょうろうばい》、ということもある。

中小企業の金繰りなどというのは、そういうていのものではなかろうか。アテにしていた入金は成らず、その上、まさかというクレームが起きてお手上げ、というようなもの。

私などの場合であると、これは絶対、書けると安心しきっていた作品が、取材につれて思惑ちがいのことがふえ、収拾つかぬ騒ぎになったりする。

それを私は〈運命〉の偏屈さ、といっているが、私はいつも〈運命〉にかたちを与えたくなるクセがあり、これを〈神サン〉とよぶ。

私は〈神サン〉についてこれまで小説やエッセーでしばしば書いたから、読者のお目にふれることもあったかと思うが、〈神サン〉は〈運命〉そのものであり〈超越者〉という気分も含む。とにかく人間の手向いできない存在。――なぜ神様ではなく、神サンかというと、それは私が大阪人で、大阪弁でしか発想できないからである。大阪弁にはサマという語はなく、大阪弁の大本である京都弁、それも京都弁のそもそもの大本の京都御所の言葉からして、サマはない。宮サン、禁裏《きんり》サン、春宮《とうぐう》サンなどという。ましてや超越者である存在は、神サンと呼ばねばならぬ。

この神サンは人間の思う通りに動いてくれない。よって私の考えたアフォリズムをいうと、

神サンは人の寝首《ねくび》をかく。

というのである。私の個人的感懐であるが、そこが格言とアフォリズムの違いである。

寝首は寝ている者の首、つまり武装を解いて油断している人の不意をつき、卑怯《ひきょう》にも名乗りもせず、ひそかに忍びよって首を打つのである。それが寝首をかく、ということだが、この際、それはフェアではない、武士道に反しとるやないか、と咎《とが》めても〈神サン〉相手には通じないのである。審判の立ちあう次元の話ではないので、〈神サン〉のしたい放題、跳梁《ちょうりょう》に任せるのみ。

文句をいったって、もともと、（これも私の想像だが）人の一生は〈神サン〉から

ない。

〈そない不足が多いのやったら、即《そく》、返してもらおか〉

といわれても仕方なし、人は不承不承に〈神サン〉の仕打ちを甘受《かんじゅ》しなければいけない。

人生は順風満帆というときほど、人はあやうい。

〈神サン〉は寝首をかく大家、だということを忘れてはいけない。かつ、自分の方針や見識、実力が成功をもたらしたとうぬぼれてはいけない。〈神サン〉は桶狭間《おけはざま》に於ける織田信長のごとく、鵯越《ひよどりごえ》に立つ源義経《よしつね》のごとく巧妙にたちまわって、突如、隙をつき、攻め入ってくるであろう。

寝首かきの〈神サン〉はまた、寝業師《ねわざし》でもあるのだ。そうして人があわてふためくのをみて、

（ぬひひひひ）

と喜ぶ。――

そうなっても、無力な人間は天を仰いで悲しむのみ。〈神サン〉は指さしあざけり、手を打って笑う。

若い者なら、いうかもしれない。

〈運命イコール、神サン、つまり超越者、というのはわかりました。しかし、超越者の上にまた、その超越者を任命しはる超越者、というのは、いやはらしませんか。そしたら、その超・超越者にたのんで、あんまりひどいことせんように、手加減してやれ、というてもろて……〉

できませんよ、そんなこと。できないから〈神サン〉なんだもの。このひねくれもんの、寝首かきの〈神サン〉に、張り合って素手でたたかおう、なんて考えちゃいけない。それ以上に、仲よくして浪花《なにわ》名物の〈小倉屋こんぶ〉だとか、〈きつねうどんセット〉なんて贈賄し、手心加えてもらおう、なんて了簡《りょうけん》を起しちゃいけない。そんなことをしたらかえってよけい、ひどい目にあわされる。

私の思うに、寝首をかかれたときの対応はただ一つである。〈神サン〉の無慈悲なる仕打ちに対し、達観すること、これあるのみ。

而《しこ》うして、これも私の長年、懐抱せる、私の好きなアフォリズムであるが——

達観、というのは、心中、〈まあ、こんなトコやな〉とつぶやくことである。

人間は弱いものではあるが、それでもまた、まだまだ未開発の優秀な能力を秘めていると私は思う。思うに足るさまざまな兆候をこの世界でも、いくつか見ることができる。愛もユーモアもその兆候の一つであるが、〈達観〉というのも、その中でかなり大きな、そしてすぐれた能力であろう。

大正ごろの古い大阪の川柳に、

「えらいことできましてんと泣きもせず」（詠みびと知らず）

というのがあるが、これもいわば、

〈まあ、こんなトコやな〉

という達観の一つのバリエーションであろう。思いがけない災厄にびっくりしつつも、

〈しゃーないしな〉

と気を取り直し、なにやかや、あわててとりつくろう。それも砲煙弾雨《ほうえんだんう》のなか、すべて応急処置である。しないよりはマシ、というようなお手当てながら、できるかぎりのことをする。

大変でんなあ、と人に見舞いをいわれ、〈まあこんなトコやな〉と主観論をいっても大人げなし、さぞひとサンの目には、
〈えらいことやってんなあ、気の毒に〉
と見えていることであろうと、素直に、
〈いや、ほんま、えらいことになりましてん〉
ととりあえず、見舞いに対する陳謝、こういうとき大阪弁には便利な言葉がいっぱいあって、
〈ほんまにワヤですわ〉
と自分で笑いつついう。
自分で自分の災難を感心しているというようにきこえる。店は倒産、身内に卒中や交通事故がつづいて起き、という羽目になった自分を、
〈さっぱり、ワヤクチャでんがな〉
などといい、それこそ「泣きもせず」である。〈神サン〉としては寝首をかいてやったつもりなのに、当人が〈ワヤクチャでんがな〉と次々にふりかかる不幸に感心しているのだから、当てがはずれるわけ、大阪人にはこういう体質があるようである。

仕事のあと始末で、計算が合わぬ時、伝票、計算器、弄《いじ》くり倒して残業を続けてもまだ、どんぴしゃりとならない。一同、暗澹《あんたん》たる思いにうちひしがれている時、ベテラン先輩の一言。

〈あとは明日にしよ。ま、こんなトコやな〉

まさに鶴の一声である。今までの努力を認め、評価し、ねぎらいつつ、将来《さき》への仄《ほの》かな希望を暗示する。

関西ではお医者さんでもそうだというのをきいた。医療の実際はわれわれ素人にはよくわからぬものの、手術的処置にはおそらく「人事を尽くして天命をまつ」という状態のときも多いであろう。関西の、さる名医の先生は手術が終りかけのころに、口癖のように、

〈ま、こんなトコやな〉

といわれるそうである。(むろんその先生の執刀により寿命や健康をとりとめた患者さんが多いので、名医と呼ばれるのであるが)先生は、(人間の知恵と手でできるだけのことはしとんのじゃ)と思っていられるのかもしれない。

ともあれ、〈ま、こんなトコやな〉には、自分というものを客観視して、それなり

に評価している色合《いろあい》がある。〈神サン〉は〈やんちゃ〉であるからききわけがない。〈泣く子と神サンには勝てぬ〉というところだ。しからばこっちの、大人側としては、できる限りの手は打つものの、ある点までくると、

〈ま、こんなトコやな〉

とうそぶいていなければしょうがないだろう。そして自分のあたまを自分で撫《な》でてやればよい。

〈神サン〉に意地悪されず、順調に次ぐ順調、幸運に次ぐ幸運という人も世の中にはある。しかしそれは、〈神サン〉に可愛がられたせいではなく、〈神サン〉としてはあとでいっぺんに叩《たた》くためなんである。——私のあて推量を〈神サン〉は〈ま、そんなトコやな〉といっているかもしれない。

いい男

女が数人、群れると、盛りあがる話題に、

〈いい男って、いないネー〉

というのがある。

そうかなあ。私は結構いると思う。で、諸嬢の議論に耳を傾けてみると、それぞれ〈いい男〉のハードルが高い、とわかった。第一、インテリでないといかん、という。しかもみてくれがよくて、〈色気がじゅくじゅく〉していないといかん、という。

インテリと〈色気じゅくじゅく〉とが抵抗なく同居できるかどうか、考えるまでもないだろうが。

これだから若い女《の》はあさはかだ。（ただし、いっておくと、私から見て若いのであって、その場にいたのは、四十女、五十女、であった。七十女の私など、もはや神々《こうごう》

しいとよぶべき齢《とし》になっちゃってるわけだ）

いや、私から見て、男にもちょくちょくいいのはいるよ。私は〈結構いる派〉だ。

これは私のハードルが低いせいではなく、基準タイプがちがうだけである。

私もインテリは好もしいが、それもごく、適当なところでよい。（私は居酒屋へ坐《すわ》って、〈酒のアテは適当にみつくろって！〉などと、とりあえず叫んだりするが、その程度でいい）べつに英語やフランス語がぺらぺらというのでなくてもいい。めしの種ならともかく。

〈色気じゅくじゅく〉に越したことはないが、まあ、これも普通《なみ》でいい。

みてくれ、というものも、中年男ともなれば自分の責任になるが、これも普通《なみ》でいい。結婚式・葬式、仕出しの弁当、お祝い返し、香奠《こうでん》返し、のクラスには松・竹・梅とあるが、竹クラスで上等である。たまたま男前に生まれても、せっかくのその武器のつかいかたに習熟しておらず、もちあつかいかねて、かえって普通《なみ》の男よりぶざまな年よりになったりしてる男も多いから、それもソコソコでよい。

それより、私の考えたのは、

いい男とは、可愛げのある男である。

ということだ。この〈可愛げ〉はちょっと説明が要るだろう。男も女に劣らず、この人生を相渉《あいわた》るということは大変だが、〈並べかたの順番が違うと文句をいう男性もあるべし〉それでもなぜか、人に好かれる男あり。それらを見るところ、あまり突出した自分の主義信条、趣味嗜好《しこう》に固執しない男《ひと》のようである。それは私も好もしい。

といって、なんでもかんでも融通して折れてしまうというのも魅力がない。男はそんなに円熟しなくてもよい。角熟《かくじゅく》でよい。男の沽券《こけん》というのがあるが、ときどきそれを出して見せたらよい。定期券みたいなものだ。私は〈男の沽券定期券説〉である。沽券を出したり、ひっこめたりしている男は可愛げがあるというわけである。主義信条を出したりひっこめたりするところに、人間の器量が問われるわけ。

失敗談や弱音を正直に吐くのも可愛げのうち。

べつに、慰めてもらおうとか、立ち直るヒントを与えてほしい、という下心で吐くのではなく、飾り気もなくダダ漏りに、

〈いやァ、もうニッチもサッチもいかへん。モロ、グリコの看板〉(大阪では〝グリコの看板〟はお手あげという隠喩《いんゆ》)などといいつつ、ニヤニヤしていたりし、ある種の男にとってのニヤニヤ笑いは、泣く代りであろう。

その代りまた、いいことがあると、自分が浮かれていることを、他人に悟られて平気である。

これは率直、というのだろうか。(朴直、とはまたすこし、ちがう気がする)といって、八面玲瓏《れいろう》というほどリッパでもない。強くて率直、というのでもない。要するに、すこし、〈おっちょこちょい〉度もまじっているのが〈可愛げ〉であろう。

〈それは、男をちょっと、みくびってる気味がある、ということですか〉

と聞く男がいるが、まあ、いくぶん、その気《け》があるかもしれません。しかしそれは、〈みくびる〉の、いちばん、いい意味において、である。

愛情がなくてみくびるのはいけないが〈可愛げ〉をくみとってのそれは、気分をよりおいしくする香辛料のようなものである。

みくびるどころか、男の〈可愛げ〉を重んずる気持の中には、いささかの敬意すらふくまれる。

というのは、〈可愛げ〉というのは、意地悪から遠い、という認識がある。〈男と意地悪は出合いもので、たいていの男はみな意地悪だよ〉という悲観派の女もいるが、環境や立場上、そういうのもいるだろうけど、男がみなそうとはいえない。

王朝の言葉に〈腹《はら》ぎたなし〉というのがあり、これは意地悪のことだが、腹ぎたない、というのは語感からしてぴったりで、なかなか、適切なことばだと思う。岩波の『古語辞典』によると、

「ふくむ所があって、物の考え方、受取り方が素直でない。意地が悪い」

とある。

これは『源氏物語』にも使われており、「螢」の巻に、

「継母の腹ぎたなき昔物語も多かるを」

などとある。源氏は一人娘の明石の姫君のために物語を集めるが、紫の上は養い親なので、そのへんを顧慮して、意地悪な継母の出てくる物語はしりぞけるのである。

みやびやかな言葉で綴《つづ》られている物語に、〈腹ぎたなし〉はいかにも印象的で強い

言葉である。

腹ぎたなくない男、というのは世のタカラモノで、珍重するに足り、愛着するに足る。

更にこう、つけ加えたい。

いい男とは、可愛げがあってほどのいい男である。

というのだ。

この「ほどのよさ」もむつかしい。行動や思案の限界や汐《しお》どき、見当をつけることであるが、これが、まことに目安《めやす》く、適当（私って、このコトバ、好きだなあ）であると、

（なんと、たより甲斐《がい》ある、いい男《やつ》だろう……）

とほれぼれしてしまう。

これも「過ぎたるは及ばざるが如し」で、ほどのよさを人に押しつけると、〈仕切りたがり屋〉になってしまうから、浮世はむつかしい。

若いころ、みなが集って盛り上っていると、時分どきを見はからい、必ず、

〈それでは名残りはつきませんがそろそろ〉

と閉会を宣する男がいて、〈幕引《まくひ》き男〉というアダナをたてまつられていたが、若い時はそれもご愛嬌《あいきょう》、しかし中年、高年男ともなれば、人にいわれるまでもなく……というのであらまほしい。

それで〈ほどのよさ〉の程度もわかろうというもの、してみると、自分の現在位置を測定するカンのよさ、ということでもあろうか。

〈……そんなむつかしいのだったら、いい男って、やっぱりいませんよう〉

と四十女がためいきついていう。

そうかなあ。

右の条件は、べつに特定の男をめざしているのではなくて、今日びのごくふつうの、よくあう男の誰かれを思い浮かべ、思いついたことをいってるつもり。何しろ私は、いい男は〈結構いる派〉だから……。

〈あ、そういえば〉

と五十女がイキイキしていう。（大体、男の話で盛りあがるとき、女はみな、イキ

イキするが〉

〈ほどがいい……って言葉で思い出したけど、私、パソコンやりかけてるんですよね、若い男《の》に教えてもらっても、ぜーんぜん、理解できないの。何しろ向うはようく知ってるから、こっちも知ってるもの、と思って、どんどん先へ進む。でもいっぺんや二へん聞いてもわかんない。仕方ないから、熟年の男の人に教わることにしたの〉

〈いくつ。その人〉

　と聞くのはべつの四十女。

〈定年の人なんだ。自分も老眼鏡かけて、ていねいに教えてくれたわよ。その教えかたが、ほんとうにほどがよくって、ソツがなく、要領がいいのね〉

〈なるほど〉

〈それに愛想もよく。……会社で長年、営業やってたとかで腰も低く……〉

　五十女はいっそう、イキイキする。

〈何ていうか、教えかたが遠慮っぽいの。こんなことも知らんのかという感じは全くなく、かえって自分のほうが恐縮する感じで〉

　それはわかりそうな気がする。男も浮世で生きすれてみると、博識や知恵をひけらかすのに含羞《がんしゅう》を感じて、人に教えるときは、はにかむ。この、男のはにかみも味がある。

それはなかなか、いい男じゃないか、ということになった。

〈いい男でもしょうがない、となりのご主人だもん――でも、たのしい人なのよ〉

わかりました。更に更に、私がつけ加えるとすれば、

いい男とは可愛げがあって、ほどがよくて、〝生きてること好《ず》き〟という男である。

年がいけばいくほど、人は〈人生やつれ〉してゆくが、やっぱりすてきなのは、いくつになっても人生を面白がってる男、であろう。

ことさら言挙《ことあ》げもしないが、そして〈色気じゅくじゅく〉でもないけれど、そして、いろんなたのしみをみつけることがうまいけれど、究極のところ、

〈生きてること好《ず》き〉

という男は、いい男じゃありませんか、ということになった。

〈でも、それでも、そんな男はいそうにないなあ。肝臓いわす、糖尿の気《け》がある、喘《ぜん》息《そく》もちなんて多くてさ。パチンコが唯一の趣味で、これやると、ほどってものがなくなる——なんて男《やつ》ばっかしよ……〉

女たちは口をそろえていう。

私は七十女の貫禄《かんろく》で、おごそかにいう。

〈女をつくるのは男だけど、男をつくるのも女、なのよ。あんたら、いい男をつくる責任、あるわよ。がんばりなさい〉

家庭の運営

臭いものには蓋《ふた》。それは家庭の幸福。

「家庭の幸福は諸悪の本《もと》」（『家庭の幸福』）といったのは太宰治《だざいおさむ》で、このアフォリズムは人口に膾炙《かいしゃ》しているが、その意味は、人々にどんなふうに受けとられているのだろうか。太宰は家庭の幸福とはエゴのかたまりだからだ、と作品の中でいいたかったようにおぼえている。

それにしても、他が鼻白むほどの幸福な家庭、というものが、現代にもあるのだろうか。（新婚家庭は除く）

もう十年、もっと前になるが、結婚歴十数年、二女ありという三十歳代の主婦が、わが家庭の幸福ぶりを縷々《るる》、詳述した投稿が、新聞の女性コラムに掲載されていた。

その投稿がどんな意図で採用されたのかは不明だが、いささかは反響があったのではないかと私が想像したのは、一読して、(女だなあ)と思わせられたからだ。投稿者には、それを読んだ人の気持に対する配慮が全くない。ただあるのは、

〈見て、見て、この幸福! こんな幸福、だれも知らんの、違《ちゃ》う?〉

という手放しの自己陶酔と驕《おご》りで舞いあがっていたのだ。こういう文章を世間さまの目にさらす、というのは、いくらナンでも、男にはないだろうと、思った。男はうまくいかなかったことはしゃべるが、うまくいったことはかくす。

それはなぜかというと、

〈武士のタシナミじゃっ!〉

といった男《やつ》がいた。

〈うまくいってること、うれしいことは、人に洩《も》らさず、ぐっとこらえて、内心だけで、ニタコラ、ニタコラ、しとくんじゃっ! それからまた、この人生の目的は、やら、女房《よめはん》に関する、あるいは家庭に関する考察や感懐、持論なんかも、口には出さん! 肚《はら》の中に蔵《しも》とく。それが男の一分《いちぶん》じゃっ!〉

というのであった。

まあ、それはともかく。

その〈家庭の幸福手放しのろけ〉の投稿を読んだ、一人ぐらしの女は、反感と敵意をおぼえたかもしれず、家庭不和に悩む女は嫉妬《しっと》や憎悪をかきたてられたかもしれない。一般読者は、投稿者の〈われ讃《ぼ》め〉の節度のなさに辟易《へきえき》する。——という具合で、マイナスの意味でその投稿はかなり反響を呼んだろうと思う。その意味では紙面作製者の期待に副《そ》ったといえるかもしれない。しかし、もう一つのプラス面もあるだろう。

太宰の「家庭の幸福は諸悪の本《もと》」というアフォリズムは、太宰ふうの逆説的表現ではなく、真理だという発見をもたらしたこと。家庭の幸福、などというものは、その家庭では芳香だが、外へ洩れると悪臭になる。よって、

「臭いものには蓋。それは家庭の幸福」

という、私のアフォリズムは、そこからきている。

だから、〈家庭の幸福《うまくいってること》〉については緘黙《かんもく》する、という男の主義は、オトナの感覚であるともいえる。

しかし、時うつり、星かわり、いまや現代においては、女も男なみに、家庭の幸福、なんてことを言挙《ことあ》げしなくなった。働いている女性も多いから、男なみの発想思考と

なった。

思えば、昔は単純だった。この投稿者のように、夫は愛情深く、精勤に就労し、子供は元気に育ち、結婚記念日には花を飾って手料理でたのしむ——という、絵に描いた如き家庭の幸福が、そのまま強い満足感となったろうが、いまの家庭はもっと、陰影が深くなっている。

世の中が開明的になったのか、スヌダのか。あるいはどこか綻《ほころ》びかかっているのか。

人々は人生で、家庭以外の〈面白いこと〉の禁断の味を、知りすぎてしまったのである。

幸福と面白いことは違う、ということを発見した、といってもいい。

要するに昔の素朴な家庭観は（いまもその幻想を抱いている人もいるが）いまや変《へん》貌《ぼう》しかかっている。

人々は〈生きすれ〉てきた。みなたいてい、人生には、〈すれっからし〉になってしまった。

困ったことです。

しかし、これも生々流転《るてん》の人生の相《すがた》ですから、しかたないでしょう。あと戻りできない。長明さんも「逝く川の流れは絶えずして、しかももとの水にあらず」というてはる。

男も女も面白いことがこの世にあるのを知ったから、家庭経営はむつかしくなってしまった。

面白いこと、というのが家庭にあろうか。（ないではないだろうが）人間関係というのも、面白い関係、というのは、ときどき会う仲であろう。男の自我。女の自我。エゴとエゴ。舷々相摩《げんげんあいま》す緊張の航海、というところで、これは面白いだろう。しかし、家庭で、そんなに緊張していては身が保《も》たない。

よって、私の考えたアフォリズム、その二は――、

　面白おかしい家庭、というのはあり得ない。平和と、面白おかしいこととは、両立しないから。

というものである。

私の友人の男、〈家庭の幸福〉については緘黙するくせに、面白いことは聞きもしないのにぺらぺら話す。どうせ私の友人のことだから、そんな豪勢なものではなく、小《ち》っぽけな、しけたアバンチュールである。女にうまいこと、噛《か》んでふりまわされて、いいようにあしらわれ、けっこう金も費《つか》消わされて、あえなく敗退、

〈みじめじゃあっ〉

と自分でいって、私に聞かせたことで気がハレバレした如く、

〈いやー、慣れんことはするもんやない〉

と述懐して、それが結論である。そうして、慣れたわが家へ帰ってゆく。彼にも帰る家があってよかった。

そうか、〈家庭〉というものは、人が、

〈面白疲れ〉

したときに要るのだ。人間の疲労の中には、病気、労働、ストレス、などからくるほかに、あまりに面白くてうつつをぬかしているうちに、疲労が蓄積していくのもある。

面白いのは、人間関係だけではなく、趣味もはいる。その程度が社会的許容範囲で

あればよいが、バクチ、漁色、飲んだくれ、浪費、変態、ワルイことはたいてい、面白いだろう。それらは家庭の幸福や平和の対極にある。

しかし、〈面白疲れ〉したときに帰る家があればこそ、面白いことにうちこんでいられるのだ。

その帰る家が、いつまで、あるのか。

いま社会の水面下でひそかに憂慮されていることの一つに、主婦のパチンコ熱中症とでもいうものがあって、これはもっと先には、たいへんな社会現象になるんじゃないかしら。世の中の動静に迂遠《うえん》な私なんかが見ても、身柱元《ちりけもと》が寒くなるばかりである。

私の友人の男の〈面白さ〉探訪などはまだご愛嬌《あいきょう》であるが、主婦の放蕩《ほうとう》にはユーモアが感じられないので、荒廃の気分が濃い。

女は〈面白さ〉に対し、男のように伝統的免疫がないから、ハマりこむと困ったことになるようである。

〈でも、女だってハマらない人もいるし、男にもハマるのもいて、バクチ狂いは昔からいるんじゃありませんか〉

と中年ミセスの見解。

〈私は、パチンコはやらないけど、宝クジにハマってますわ。十枚はきっと買うもの〉

そんなスケールじゃないだろうが。

私だってパチンコにくわしくないけれど、現代のそれは、一万円の軍資金を持っていっても、スルのはあっという間だというから。

主婦が深みにはまったら、逃げみちがないのである。

いまはもう、家庭の平和だの、幸福だの、といっている場合じゃなさそうだ。

そして、面白いことと平和は両立しない、なんていう省察も、ノンキなものだ。

ともかく、とりあえず、さしあたり、ひとまず、なんでもいいから、まずもってやるべきは、家庭を、

〈保《も》たそうではないか〉

ということになってしまう。

いや、〈面白さ〉にハマって、家庭は崩壊寸前、という男や女ばかりではない、

(そういう人々は目がくらんで何も考えていないかもわからないが)ごくフツーの、

男や女も、

〈家庭崩壊〉

の危機はどんな拍子に訪れるかわからない。

〈えーっ。あたしんトコもですか〉

と中年ミセスはびっくりする。

〈そりゃあ、困りますわ。あたし、パートしてますけど、そのくらいじゃ食べられませんし。ウチの主人だって偉そうにいってても一人で生活できない人なんですよ。台所へはいったことも、洗濯機を廻《まわ》すことも知らず、脱《ぬ》いだものは脱ぎっぱなし、お姑《かあ》さんの躾《しつけ》が悪いんですう〉

わかった、そこはいいから、とりあえず家庭を保たせて下さい。どうやって？　アフォリズム、その三としては、ですね、

家庭の運営、というものは、だましだまし、保《も》たせるものである。

なのである。不調になった体、車、諸機械、潤滑ならざる人間関係を、〈ああしィ、こうしィ〉、機嫌をとりとり、様子を見い見い、あっちも立て、こっちも立て、あら

ゆる面から試み、思いつき、手をつくしてみる、綻《ほころ》びはつくろい、塗りの剝《は》げたところは塗料を吹きつけ、壊れた部分品は似たようなものを拾ってきて、あり合わせのチェーンでつなぎとめてそろそろと動かす。一メートル動けば、二メートル、という風に。それでも〈家庭〉という奴は気むずかしく、ふてぶてしい奴で、〈モノよりココロだあっ〉と叫ぶかもしれぬ。そういうときに、おお、そうかそうかと、これもあり合わせのココロでごまかしておけばよい。

大切なのは、とりあえず、到着地点まで保《も》たせることである。〈家庭〉のご機嫌をとるのを、〈だましだまし〉という。〈だましだまし〉というのは詐欺や騙《かた》りではない。

〈希望〉の謂《い》いである。

しかし、人によっては、だましだまし保《も》たせるにも飽いた、というときがあろう。そういうときはさっぱり撤回、解消して、また新しい家庭をつくればよい。しかし新旧を比較してみるに、〈家庭の運営〉たるや、やっぱり大なり小なり、〈だましだまし保《も》たせる〉部分があるなあと、気付く……のではあるまいか。

上品・下品

みなで飲んでいるとき、現代で地を掃《はら》ったものは何だろうか、という話になった。

つまり、ムカシの日本にあって、いまの日本にないもの、というのだ。

私はかねて考えたことがあったので、即座に口を出した。

〈それは人間の気品じゃないかしらん。上品・下品の差どころか、どだい、品というものが、かき消えるごとく消え失《う》せてしまった気がするわよ〉

〈いやー、ほんま、ほんま〉

というのは、前に、パソコンをいじってるといった五十女。

しかし五十女ではあんまりナンだから、〈フィフティちゃん〉と呼んでやるべし。

〈オジンもオバンも、若いのも、もう、ひっくるめて品が悪くなった気がするよ。なんでこんなことになったんだか、常識やプライドや礼儀の、最小限さえ、けし飛んで

るって手合いが多いもんね〉

〈いや、ワシはそうは思わん〉

というのは前に、〈男の一分《いちぶん》じゃっ！〉と、いった男《やつ》。彼は〈イチブン氏〉か。

〈けっこう、現代《いま》も品のええやつはおる。あンたかて（と、フィフティちゃんを顧み）この前、何やしらん、となりのおっさん、ほめとったやないか〉

〈あ、あれは別〉

〈みい、あれは別、いうのんも、世間にはおるんよ〉

じゃ、どんなのが〈あれは別〉、なのか、つまり、品のいい人って、どんなのか、という話になる。

〈いつもにこにこ黙って飲んでる、飲みに来た客《やつ》を拒まず、去るものは追わず、というおっちゃんなんか、品良《え》えのん、違《ちゃ》うか〉

とイチブン氏は私の夫を見る。夫は病後、あんよが不自由になったので、ショートステイやデイケアにいきまくっているが、幸い今夜はいた。酒はごくちょっぴり、飲むというより、嘗《な》めている。にこにこしていたのが、みんなが自分を見たので急に怒気を発してどなった。

〈こっち見るな！　いっせいに見るのは下品じゃっ！　人前でホメるのも下品じゃっ！　見られるようなこと、ワシはしてへん！〉

何を怒ることがあろう。〈心底《しんてい》はかりがたい〉奴《やつ》だ。

〈自分で自分のことを高う評価せえへん謙遜《けんそん》、いうのは、やっぱり、品がええな〉

と、イチブン氏はすかさずいう。

〈でも、現代じゃ自分でPRしないと認められへんのとちがうかなあ、自分で評価したら他人《ひと》もなるほど、と思う、とか〉と私。

〈売りこみかたも巧妙になってるから、自慢にとられないように、みんな上手にたちまわってるもんね〉

とフィフティちゃん。

〈謙遜、なんていう美徳、現代では卑下と同じレベルになってしもてるから、それを上品とみとめてもらうのはむつかしいわね〉と私。

上品・下品というのは、人間の内面世界の物さしなのでちょっと見たところではわからないのかもしれない、ということになった。

〈そうか、そんなら今まで、男は気立て、女は顔、といわれてたけど、それもナシか。

目に見えるもんしか、品定めでけへんねんな〉

とイチブン氏はいって、

〈女は顔、なんて差別やないの！〉

とフィフティちゃんに黄色い声でかまされている。

〈ま、しかし、外から見て、見るからに下品な奴、いうのんは、たしかにおるからなあ〉

とイチブン氏は、いかなごの釘煮《くぎに》を箸先《はしさき》につまんで、グラスの冷酒をすすりつつ、

〈ワシもヒトのこといえんけど、ブランドもん着て、いっぱし紳士風やけど、顔の表情、もののいいかた、下品を絵にかいたような奴、知ってるデ〉

〈うん、その反対に、着るもんはそのへんのありきたりのもんやけど、なんか、いうにいえない上品な人もいるわね〉とフィフティちゃん。

それで思い出した。

以前、私はこういう、アフォリズムを作った。

下品な人が下品な服装、行動をとるのは、これは正しい選択であって下品ではな

い。

しかし下品な人が、身にそぐわない上品なものをつけているのは下品である。

また、上品な人が、その上品さを自分で知ってるのは下品である。

反対に、下品な人が、自分の下品さに気付いていることは上品である。

〈ますます、上品・下品の区別って、むつかしいね〉フィフティちゃんは、わけぎと鳥貝《とりがい》のぬた（これもいかなごの釘煮同様、春らしい肴《さかな》）をぱっくりと口へ抛《ほう》りこみ、焼酎《しょうちゅう》のお湯割りなんぞ、すすっている。

〈聞きなさい〉と私は偉そうにいう。

〈芭蕉《ばしょう》が『奥の細道』も、もう旅の終り、結びの地の大垣《おおがき》に着いた、と思いなさい……

……〉

〈うーむ、芭蕉、とくれば日本文化の〃上品のシンボル、気品の親玉〃。こらァ、誰持ってきても負けまんな〉とイチブン氏。

〈その大垣で、芭蕉はご当地の家老、戸田如水《じょすい》なる侍に招かれます。如水さんは風雅に心ひそめる文化人で名高い芭蕉に会えたのを喜んで、日記に書きます。芭蕉は「心底はかりがたけれども、浮世を安くみなし、諂《へつら》はず奢《おご》らざる有様なり」（私がさっき、おっちゃんを〝心底はかりがたい〟奴だ、と思ったのは、ここの個所を思い出したため）――なんて。つまり芭蕉先生は何を考えてるかわかんないけど、浮世とちがう自分なりの価値判断をもってるらしい、というのね。そしておべんちゃらもいわないけど、威張りもしなかった、ってほめてます。――へつらわず、驕《おご》らず、っていうの、すてきや、思わへん？〉

〈うん、卑下もせえへんし、威張りもせえへん、というのは、これ上品やなあ〉

イチブン氏はうなる。

〈現代最高の上品かもしれへんわねえ〉

と、フィフティちゃんはもう何ばい目かのお湯割り焼酎をつくりつついう。

〈そんな奴おったら、飽きるやろ〉

と、夫がとつぜん口を利く。えっ。あっ。

〈お世辞いい合《お》うたり、おたがいにそれとなし自慢し合うのが人間のたのしみや、と、おっちゃん、いいたいの？〉

私は夫の意見を補足する。

〈ごちゃごちゃしたことは、わからん。けど、そんな、スカ屁《べ》みたいな奴は、おもろないやろ、いうとんじゃ！〉

と夫は吼《ほ》える。いや、本人はそのつもりではないかもしれないが、舌が昔ほど円転《えんてん》滑脱《かつだつ》でなく、まわりきらないので、自分でもまどろっこしくていらいらするらしく、ものをいうと、獅子吼《ししく》のような、もの言いになる。

〈そっか……〉

なにを思いついたんだか、深くうなずくフィフティちゃん。

〈やっぱし、品のよすぎるのも、過ぎたるは及ばざるが如し、かァ……。飽きのこない人、って上品ばっかりでない部分もあるとか〉

〈ワシはやっぱり、酒の飲みかたに、上品・下品が出ると思うな〉

イチブン氏は、酒の話になると、自信ありげになる。

〈もちろん、下品のトップは酒に飲まれるやつ。ぐでぐでになるのは論外。その次にワルクチいう酒〉

〈しかし、あれは面白いけどねえ〉と、これは私。

〈じゃ、ほめるのがいい酒？　あたし、ほめてもらうのは、うれしい酒だけど、人を

ほめながらは飲めないわよ〉

フィフティちゃんをほめるにはかなり、才気がいるだろうから、それは才子であっても上品な人とはいえないだろう。

〈いや、ほめてもあかんな。酒は、かるく扱う。元来、酒というものは重い。〃酒は涙か、ためいきか〃いうくらいや。涙やためいきは人生では重いもんの最《さい》たるもの、それに匹敵《ひってき》するんやから、酒は重い。それをかるく、飲む。そこはかとなきことをいい合うて、そこはかとなく飲む。これが品のええ酒です〉

それでまた私は思い出した。

お茶の本に、お茶のときのお作法として、重いものは軽いように、軽いものは重いように持つべし、とあった気がする。(私はお茶を嗜《たしな》まないから、そのへんの機微にはうといのであるが――)

してみると、お酒も、はじめて頂きますわ、というようなたたずまいで飲むのが、イチブン氏のいう〃そこはか酒〃であろうか。

私は二つめのアフォリズムを考えた。

上品、というのは、何でも初めて出くわす、というような、慣れぬ風情で対応することである。

〈男の上品、で思いついたが、世の中にはアダナをつけられへん人、というのがある。ああいう人はやっぱり、上品、とちがいますか〉

イチブン氏の意見であるが、これは私にはそうは思えない。アダナや略称で呼べる人はそういうタイプの人なんである。つまり、愛されてるか、気軽く、いい意味で、泥《なず》まれやすい人だ。アラカンとかバンツマとか。

で、三つめのアフォリズムとしては、

男には二種類ある。略称で呼べる人と、呼べない人である。

これは品のよしあしに関係ないだろう。

そのへんから〈そこはか酒〉どころではなく、みなみな、落花《らっか》狼藉《ろうぜき》のふぜいとなる。

昔からのコトワザも、ひっくり返すと上品になる、ということを皆で発見する。

「血は水より薄し」

血は水より濃い、と信じられてきたが、今や、濃い関係に紛争がおこりやすく、他人のほうが節度を以《もっ》て対《むか》えるので、品がよくなる。

「老いては子に従わず」

子が親に無残な対応をする時代だ。従わぬほうが人間の品位。

イチブン氏は夫を顧み、

〈そういうたら、長生きは上品か、下品か。おっちゃん、七十六いうのんは長いでっか、短いでっか〉

〈ちょうどええくらいじゃっ！〉

と夫は吼《ほ》えたけり、皆々、これは上品な感懐であると、意見が一致した。

憎めない男

テレビドラマはたまにしかみないが、ときに瞥見《べっけん》すると、（たまたまそういう場面に遭遇することが重なったのかもしれぬが）女が男を居丈高《いたけだか》に罵《ののし》っていたり、火を噴くように反駁《はんばく》したりしているシーンが多い。あるいは男がグウの音《ね》も出ないほど声を荒げて糾問《きゅうもん》したり。

または手のつけようもないほど、パニクりまくって泣きあばれていたり。（泣きわめく、とか、泣き叫ぶとかいうのは今までにもあった、ドラマでも現実でも。しかし〝泣きあばれる〟というのは近来のアクションだ）

すべて、すること、なすこと、女だてらに（これは死語か？）オーバーになったなあ、とムカシ人間の私は思う。

そういえば、むかしのドラマには、女が男の胸によりすがって、〈よよ〉と泣いた

りする、しおらしいシーンがあったが——と、こんなことを話すと、いまどきの若いものは、この、

〈よよ〉

がわからないという。泣き声の擬音ですか？ なんていう。そういえばこれも死語かなあ。副詞だけど、古い言葉である。私がすぐ思い出すのは、『源氏物語』「夕顔」の巻だ。物の怪《け》におそわれて夕顔は死ぬ。源氏も泣き、惟光《これみつ》も泣く。「おのれもよよと泣きぬ」

千年このかた使われてきた言葉なのに、一片の風に吹かれて散ってゆく。

まあ、それはいい。

オーバーアクションで暴れる台風のような女（戦後すぐの台風はアメリカさんの指図かどうか、みな女名前がついていたっけ）を見ているうち、私のあたまに閃《ひらめ》いたアフォリズムは、

パニクりまくるのは、パニクりまくってみせる相手がいるからであり、よよと泣くのは泣いてみせる相手がいるからである。

というものだ。一人住まいの女は一人でパニクりまくっても何としよう、誰もビックリしてくれないし、たじたじとしてもくれない。あほらしくて泣きあばれてられない。ただし、一人で泣く、ということは女にはあるかもしれない。女の泣くのは人生の部品取りかえ、あるいは分解掃除のようなものなので、一人で泣くのも、人生のなぐさめである。

女の涙はたいてい、自己憐憫《れんびん》に味つけされており、甘く、オイシイものである。

だが、本当に辛《つら》いときは涙は出ない。

その代り、わが身を削ってしまう。心が抉《えぐ》りとられてゆく。……といいたいが、これまた、大阪女であると、八岐《やまた》の大蛇《おろち》のごとく、あたまは八つぐらいある。一つは涙も出ず辛がっているが、一つのあたまは、自己憐憫のオイシイ涙に陶酔し、一つは今夜の夜食は何にしよう、冷蔵庫の中に何があったかしら、と考え、一つは、こんなに泣くと明日、顔が腫《は》れちゃいけない、会社でじろじろと見られるかもしれないと懸念《けねん》し、一つは、ええい、いっそ気分直しに駅前の焼鳥屋へでもいこう、まだバスはあるし……なんて思いめぐらせ、かくて八岐の大蛇はバランスをとりつつ、生きてゆくのである。

パニクりまくってみせ、泣いてみせる相手のいない女の人生も、なかなかに、櫛風《しっぷう》沐雨《もくう》というか、艱難《かんなん》多き人生行路といえよう。

ところで、この、パニクりまくってみせ、泣いてみせられる相手というのはどんな男であろう。当今ドラマの男はみな惰弱《だじゃく》で、女に寄り切られてオタオタとするのばかりで、適切な手を打てる能力が開発されていない。

ドラマの男たちは荒れる女に途方にくれるだけである。たぶん、現実も、そうかもしれない。狼狽《ろうばい》してあやまったり、小さくなって嵐の通りすぎるのをひたすら待つとか。

女としては、ここで白黒の決着をすぐつけろ、というのではない、とにかく、パニクりまくり、泣いていることとさえ、認知してもらえばいいのである。

たじたじとあとじさりするだけの男はダメであろう。泣いてみせる甲斐《かい》もない。ましてや窮鼠《きゅうそ》、猫を咬《か》むという感じで反撃に出る奴はコンマ以下である。

世の中には無神経がパンツをはいてるような男もおり、女がせっかく一世一代の名演をくりひろげているというのに、視線はついテレビのスポーツニュースに流れ、

（お。阪神負けたか）

なんてフト気をとられたりしている、もうどうしようもないのもいる。

こういうときに、ちゃんと女にたちむかい、（たちむかって、暴にむくいるに暴、というのではない）かなわぬまでも口を出し、

〈いやまあ、アンタの気持はわかるけど、……そやけどな、ま、やっぱり、物のハズミ、時のいきおい、ちゅうもんもあってな、いやその、ナンや、つまりは、やな……〉

何をいっているのかわからぬが、とにかくしゃべりまくり、首尾一貫しないながら、

〈まあ、そういうこっちゃな、いや、ほんま、オマエのいうことも、よう、わかってるねん、わかってるがな、わからいでかいな……〉

全然、わからぬことを言いかさね、女の反撃をやんわり封じ、（そういえばアンタから、より砕けて籠絡《ろうらく》的なオマエに変っている）

〈ようわかってる、ちゅうのに。オマエの気持は……。そやそや、その通り……〉

などといいつつ、女の角《つの》を矯《た》め、牙《きば》を捥《も》ぐのである。

こういう男がいれば、女も、パニクりまくり甲斐あり、泣く甲斐もあろうというも

の、〈みせる相手〉というのは、まさしくこんな男なんである。

私はこういう男を〈可愛げのある男〉といいたい。そこで二つめのアフォリズム。

〈可愛い男〉とはすぐ切れるが、〈可愛げのある男〉とは、だらだら続くものである。

〈可愛い男〉と〈可愛げのある男〉とどうちがうかといわれると、これはまあ、わらび餅《もち》と桜餅のようなもの、といおうか。わらび餅はわんぐり食べられるが、桜餅は、桜の葉ごと食べる人もあり、慎重な手つきで剝《む》いて食べる人もあるが、桜の葉の塩味がまことに微妙で、あとを引く。葉を剝いて食べた人も、葉にのこるかけらに未練たらしく舌をあてたりするうち、つい、葉まで食べてしまう。要するに桜餅は、〈いわくいいがたい〉味わいがまつわりついている。

それが、可愛げ、である。

〈可愛い男〉というのは、甘え上手だったり、ペットボーイっぽかったり、ワガママだったり、(男のワガママが魅力、という女もいる)中には薄情だったりする。

薄情な美青年、というのもまた、ことさらなる味わいがあるかもしれない。要するにその味にめくらましをかけられているうちは、

〈可愛い男〉

なのだ。

しかし人生の風向きは変るからなあ。

いつまでも、美味が美味で通らない。女のほうの人生的体調にもよるが、〈舌の味がかわる〉ということもある。

すると、今までオイシイと思っていた男が、そうでもないことに気付く。それどころか、美味だった点がおぞましくなってくる。女は思う。

〈あたしの舌、風邪気味で荒れてたんだわ〉

かくて、〈可愛い男〉とは切れやすいのである。

〈可愛げのある男〉は、いわくいいがたい風趣で、さまざまな味にかわり、色もかわる。

〈可愛げ〉を定義するのはむつかしいが、たとえば〈憎めない〉といいかえたらどうだろう。

していることと口先とちがう、と女は怒っても、口まめにやさしく、縷々《るる》説き伏せられると、いつのまにか、

（それもそうかいナー）

なんて思わせられてしまう。このとき女が、説伏《せっぷく》させられた、とか、やりこめられた、泣き落しにかかった、――なんて思うようでは、男の説得力は未熟である。いつとなく、なんとなく、（それもそうかいナー）と思わせられるようでなくちゃ、いけない。

知らず知らずのうちに、気が和《な》んでしまう、というのでなくてはいけないのである。

これを〈憎めない男〉というが、こういう男の前でこそ、女はパニクりまくったり、泣きあばれたりできるのである。できる、というより、やってみたくなる。〈パニクりまくり欲〉〈泣きあばれ欲〉が萌《き》してくるのだ。

ああ、でも、しかし、日本の男にこんな、口まめ男がいるかしらん。『源氏物語』の光源氏が、千年のヒーローたり得たのは、あの口まめのせいである。手をかえ品をかえ、女をいい気持にならせ、〈その気〉にならせている。

口まめで腰軽、（尻重《しりおも》の男はだめである）やさしいくせに、女のパニクりまくりに

動じない、ふてぶてしさもかくしもっている。それを、三寸不爛《ふらん》の舌でごまかし、ごまかしの味がまことにオイシイ……というもの。

しかし軽いのは口だけであってほしい。

世には渡り鳥、という男がいる。柴又《しばまた》の寅《とら》さんもシェーンも、木枯し紋次郎も、マイトガイの小林旭《あきら》も、芭蕉宗匠も、どこからともなく、ひょいと来て、どこへともなく〈いってしまう〉。

この、〈いってしまう〉男は可愛くない。

〈いってしまう〉ことを夢見つつ、やっぱりその土地にいる男。土地を売って他国をさすらう境遇を夢見つつ、女のそばにいてくれる男。憎めないではありませんか。

女がパニクりまくってみせると、

（ふはーっ。またか）

と思いつつ、現実には〈またか〉なんていわない。いまはじめて出くわしたように狼狽してみせ、困ってみせ、首尾一貫せぬ、手あたり次第の言葉を、ごにょごにょと並べてみせてくれる。……そうか。両方とも、そうみせているのか。でも、だらだら続いているうちに、持ち時間が終っちゃったというのこそ、〈憎めない男〉の最大の美点かもしれない。

老いぬれば

人間のトシなんて、主観的なものである。

自分がトシをとってみて、つくづくそう思った。

現代ほど〈老い〉についての概念がくつがえされた時代はない。そこで今回は、〈現代の〝老い〟〉についての考察。

右は、老いにおけるアフォリズムその一、である。

老という言葉と、字のイメージには、宿老とか、老熟、老練、というように尊敬的ひびきをもつものもあるが、しかしまあ、一般的概念では、老朽、老害、老獪《ろうかい》、老醜、老残、老耄《ろうもう》、などと無残なイメージが多い。

周囲がそのトシをきいて、右のイメージをその人に無意識にかぶせることもあるし、当人みずから、〈老〉のイメージの影響を受け、加齢によってオートマチックに老境という仕切りの中へ入らざるを得ないように思いこんでしまう。昔はそれで何とかうまく社会が機能していた。

しかし現代では、年齢《とし》のとりかたは実に個別的で、六十だから、七十だから、八十だから、といって一律に論じられない。六十で、すでに老耄あり、八十にして矍鑠《かくしゃく》というより血気さかんに潑剌《はつらつ》たるあり、男も女もさまざまだ。年齢は自己申告制にすべきだ。

ひとさまのことはさておき、自分のことでいうと、私はいま、満七十三歳をちょっと過ぎたところで、世間的にはリッパな老婆である。

しかしどういうものか、私は生来、ノーテンキな人間で、加齢に対する自覚、自戒、などというものが、わが裡《うち》に育っていない。これでみても、私はまだオトナではない。世間には、若年を経て大人となり、そして老いても壮年の気力体力を保持し、かつ老熟の度をますます加えた、というような、順当な手つづきを踏んで老人となったかたもいられる。老齢を自覚しつつ、しかも充実した〈老い〉を生きていられる。立派な老人というべきである。

ところが私は若年《こども》のまま、トシだけは人なみの老婆となってしまった。あたまも人格もいっこう、磨かれていない。人徳を涵養《かんよう》せねば、と自覚しつつ、ついついトシばかり食って、中身はパーであるという、こういう〈老人〉もいるのである。昔はそういう老人がいても、家族制度の中で護《まも》られて、何とか〈老生〉を完了することができた。今や、〈パー老人〉は一人で人生を切りひらいてゆかねばならない。加齢は手柄にもならず、生計《たつき》の道の手助けにもならない。参考例もない。

しかたがないから、ともかく、がんばっている。しかしここが、神サン（大阪弁ではサマという言葉はないので）仏サンのありがたいところで、自分ではべつに悲壮感もなく、何とか日々是《これ》好日、という気で生きている。

それができる要素の第一は、私が生来、健康に恵まれていることであろう。

それでも九十六の老母と、車椅子の夫の面倒は一人では見られないので、公的機関や、私的な関係の人々の手を借りているわけである。

みんなの衆知を結集して、時間割りや日割りをつくり、時間の切り貼りをする。ハタ目にはたいへんにみえるかもしれないが、私にはかくべつのこととも思えず、彼女らの料理の日替りメニューをたのしみ、それぞれの特技、たとえば洗濯の上手な人に、ぬいぐるみのクリーニングを頼んだり（見違えるようになって、本犬《ほんけん》もうれしそう）、力持ちの人にたんすの位置をかえてもらったりして、わが家にいろんな人の来往するのをたのしんでいる。

仕事の合間に、このごろ私のハマっている趣味は、からになった紙箱に、綺麗《きれい》な千代紙を貼ることである。葉書入れや新聞の切りぬき、メモ、来信入れなど、用途に応じて使う。このごろは木版刷りの千代紙が多種類売り出されていて愉《たの》しい。身辺の彩りが華やかになる。この間、紫の矢がすり模様の千代紙が手に入ったので、物入れ箱に貼って、老母にやったら、喜んで眼鏡や櫛《くし》を入れていた。

ファッションも人生のたのしみの一つ。年をとるとかえってオレンジや赤が似合うもので、私の衣裳《いしょう》だんすにはそんな色が氾濫《はんらん》し、ステッキも色さまざまのものを蒐《あつ》めている。ステッキのおしゃれに関心をもつオールドレディがふえたので、ファッショナブルなステッキを扱うお店ができたのである。

いやはや、こうしてみると、私自身、ちっともトシをとった実感はない。その上、毎晩、いろんな人と飲み（酒量は若いころより少し減ったかなあ）、朝の目ざめも快い、となると……、アフォリズム、その二、としては、老眼鏡と杖《つえ》さえあれば、老いもこわくなく、わるいものではない。

私の環境では、介護を手伝ってくれる人々がいればこそ、ということになるが、何しろ、いろんな苦労があまりコタエない私なので、右のアフォリズムを思いついてしまうのである。

それにはラ・ロシュフコーの辛辣《しんらつ》な〈老い〉に対する箴言《しんげん》を、いつも（そうかナー……）と懐疑しているせいもある。

「女にとって地獄とは老いである」『ラ・ロシュフコー箴言集』（ＭＰ５９）——そうかナー。

「人は年を取るにつれて栄光を得るよりは失う方が多いものである。毎日が彼ら自身の一部を彼らから奪い去る」

「彼ら（田辺注・老人）は何もかも見てしまった。だから何物も彼らに新しさの魅力を感じさせることはできない」そうかナー。

いやいや、人間が「何もかも」この世を「見てしまう」ことは、ありえない。なにかしら、未知との遭遇はある。

というのは、もう何か月も前のこと。

私は現在のようにたくさんの人々の手を借りるまでは、できるかぎり私の手で、と思い、介護も家事も仕事もこなしていた。そうして日常万端手落ちなく、ことはこんでいると自負し、二年ほどたった。そのうちだんだん、なぜか妙に怒りっぽくなる。これは老化現象というより、年をとると人間は狷介《けんかい》、固陋《ころう》になるのかと顧み、思いついたアフォリズムは、

老いぬればキレやすし。

生来ノーテンキのはずの私が、些細《ささい》なことで気に病んだり、内心不平を持って、唇をとんがらせたりしていた。

日頃、頑健を誇る私は、自分の体の不調に気付かなかったのだ。それは結局、慢性的睡眠不足と疲労がたまっただけのことなのだった。いそぎ人手を確保して私の担当する仕事を軽くすると、たちまち体調は復し、私はまたもとの、ノーテンキな人間に

なった。人の性格も体調次第なのである。いやはや、未知との遭遇は老いてもつづく。それを発見したとき、人はびっくりして転倒《こけ》る。

老いぬれば転倒《こけ》やすし。

〈あたしなら、「老いぬれば本音《ほんね》出やすし」というところね〉とフィフティちゃんはいう。〈体調だけやないわよ、たしかに気みじかになる。なるから、ズケズケいいになる。ズケズケは本音だからして、若いときは真綿でくるんだズケズケを、年寄るとむきだしにしていうのよね。やめとこう、と思ってもつい、真綿なしの本音をいっちゃう〉〈真綿は自分の背中に着てる〉

とイチブン氏はひやかす。

〈ワシは（ワシといいはじめると、男も老いた証拠だ）「老いぬれば字を忘れやすし」としたいなあ。全く、よう字ィを忘れる。キカイで叩《たた》くとすぐ字ィが出てくるが、手ェで書いていると、ほんま、字ィ忘れて進まへん。しかし〉

とイチブン氏はどん、と水割りウイスキーのグラスを置き、

〈字ィ忘れても、字引きを繰るたのしみ、というのに開眼した。お目当ての字をさがすため、ページを調べる。まず、そこでいろんな字ィが目にとびこんでくる。辞書というもんは字ィだらけや。思いがけない字ィ、ふだんはすっくり、忘れてた字ィと再会する。双方、思わず手に手を取って感激の涙……〉

大阪ニンゲンは漫才調にすぐなるから、困りものだ。

〈ま、そんなわけで、お目当ての字のページになると、また、いろんな旧知の言葉、文章に出くわす。こういうたのしみは、キカイでポンと押して、捜す字ィがパッと出てくるのとは、比べもんにならん。――というわけで、トシとると字ィ忘れてもうろたえません。

「老いぬれば、うろたえず」――というのはどうやろ〉

私は、老いたとき老眼鏡と杖さえあれば怖くない派であるが、しかし、「ラ・ロシュフコーの箴言《しんげん》」より好きなのは、「老驥伏櫪《ろうきふくれき》」の古い詩である。魏《ぎ》の武帝の詩に、

「老驥ハ櫪《うまや》ニ伏ストモ

志ハ千里ニ在リ

烈士の暮年、壮心ハ已《や》マズ」

一日に千里をゆく駿馬《しゅんめ》も、いまは老い、廏《うまや》にうずくまるのみ、しかし千里を馳《か》けることを夢みる。壮士《おとこ》は老いても雄心を失わぬ。

老いてもノーテンキを失わぬ私、この詩にバックアップされる心地である。

〈おっちゃんはどうですか〉

とイチブン氏が水を向けると、夫はいった。

〈ワシは「老いぬれば気にならず」じゃ〉

〈何が、気にならんのです？〉

〈五十年たったら、たいがいのことは気にならんようになる〉

〈だけど〉とフィフティちゃんは、口を挟む。

〈おっちゃん、七十すぎてるやないの、七十年たてば、でしょう？〉

〈人間、ハタチまではボーフラじゃ。人がましい顔はできません。お玉じゃくしみたいなもんじゃ。ハタチすぎたら、どうにか、人がましィになる。それまでは、〃こまんじゃこ〃――雑魚《ざこ》の魚《とと》まじり、というやつで大きな顔して一丁前の魚にまじられへん〉

〈ははあ、ハタチすぎてやっと大人メンバーの一員ですね〉

〈一員になって風霜五十年、もはやたいていのことは気にならぬ。老驥も壮士もあるかい〉

おっちゃん、やけにムキになっている。

——老いぬればムキになりやすし……

というのも、できるかもしれない。

男と犬

男は犬に似ている。
場所ふさぎでカサ高いわりに、甘エタで、かまってやらないと淋《さび》しがってシャックリをする。

このシャックリは精神的シャックリである。体調の違和感を訴えてみたり、これ見よがしに不興をみせびらかす。

私は前章で〈男〉についてたびたび書いている。（「いい男」、「憎めない男」）それは関心度の高さを示すことでもあるが、いちめん、気が変るから、ということもある。

人間は（というより、私は、というべきか）七十を過ぎるとよく気が変る。〈七十過ぎれば熱さ忘れる〉――前にいったことは忘れ、全く違うことをいったり、書いたりする。本書は〈私のアフォリズム〉のつもりであるが、本当は、〈今日のアフォリズム〉にすべきかもしれない。

さて、今日思いついた〈男〉についてのアフォリズムは右の通りである。その内の、〈場所ふさぎでカサ高い〉であるが、男というものは戸外ならともかく、家の内へ置くと、どうしてああもカサ高いのであろう。私は昔、中型犬を飼っていたが、これが庭の隅につながれて、——といってもずいぶん長い鎖で、彼はかなり自在な行動を許されていたが——遊んだり自堕落に寝そべったりしている。私が通っても薄目をあけて横着に尻尾《しっぽ》の先だけちょっと振ってみせ、それで仁義を切ったつもりでいる。カサ高い、というコトバの意味をつくづく思い知らされる。

それでも老いてはいないから、元気のありあまっている時は、私の姿が目の隅に入ると、勇気りんりんと胴体を撓《しな》わせ、前肢をこすり合わせる感じで、

（おッ散歩か？　遊ぶのか？　ケンカか？　ようし、久しぶりにやろやないけ、かかって来くされ！）

という感じで跳ね、吠《ほ》えたける。私はいう、

〈あたしゃ今日はいそがしいのっ。あんたなんか、相手にしてられないんだから。オーラ、オーラ、のいたのいた〉

と手で押しのけてゆきすぎると、

（くそう、売られた喧嘩《けんか》は買えやっ、おんどれ！）

とばかり夢中で吠えて、地だんだふんでいる――という手のかかるヤツ。人生的に場所ふさぎだ、とつくづく思った。ほんとに賢い犬なら、私が忙しそうだなとわかると、つつましく控えて、前肢をつくね、いじらしく、

（お仕事、ご苦労さまです）

といわんばかりにほほえむ。――（まさか）

まあ、まして男にそれを求めるのは無理か。

だから、〈男持ち〉の〈女仕事師〉は、仕事も心ゆくまでできない。ときどきかまってやらないと淋しがる、というのは、ここをいう。

しかく、男というものを飼育するのは手間がかかる。

その上に、だ。〈今日、思いついた究極のアフォリズム〉の一つはこうである。

男はかよわい生きものである。

現在、六十代から九十代くらいまでの元気なオールドレディたちが寄って、何となく昔ばなしになると、回顧人生にさまざまバリエーションはあるものの、みちびき出される結論は必ず一致してただ一つ。

〈男はアカンなあ……〉

の大合唱。老嬢、老夫人、みな口を揃えて、男は弱い、という。身心ともに刃こぼれしやすい。弱きもの、その名は男、という。

私も含めて、だが、その年代は終戦直後の国家崩壊に遭遇している。天が地に、地が天にひっくり返った時代。政府は瓦解《がかい》し、軍隊は壊滅する。前途の再建はまだ五里霧中で、町は一望の焦土、食糧はどこにもない。誇りたかい大和民族は、いまや、亡国の民同然、飢えてさまようのである。

何を信じ、何にすがって生きればいいのかわからない。社会の基盤が丸ごと、ぶっ毀《こわ》れてしまったのだ。当時の柳誌「番傘」に、

「日本中空腹だったよく倒《こ》けた」（岸本水府）という川柳があるが、日本の男たちは

転倒《こけ》たまま、起きあがれなんだのも多かったのである。

私の父もその一人であった。終戦の年の昭和二十年の十二月に、病死している。その年の六月一日の大阪大空襲で家を焼かれ、近郊都市の小家に仮住まいしていたが、病患は胃癌であったものの、家と資産を失って、商売の方途も立たず悲観したのだろう。子供は三人ともまだ〈学校いき〉で、これからもの要りの年頃であった。

父はまだ四十四の若さだったが、ひとまわり体が小さくなり、昭和二十年の秋口にはもう寝付いてしまった。いま九十六の老母はいう、

〈これはもう、お父さん頼りにでけへん、ト、抛《ほ》っといたら親子五人飢え死にや。私は満員の汽車にのりこんでお芋の買出しにいきましたがな。なりふりも構《かも》うてられへん〉

八十いくつの元気な老婦人もいう、そうそう、満員列車いうても、現代《いま》の通勤電車の混雑どころやない、屋根の上へ乗る人、連結器にまたがる人、殺人列車だっせ、顔、三角にひょこ歪《いが》んだまま、乗っていきまんね。

また一人、同年輩の、老いてかえって潑剌《はつらつ》、ぴちぴち、なる老女のいうに、そうやってやっとこさ、手に入れた食料を、駅へ着いたところで一斉取締り、買出しはヤミ

といわれて違法行為、ちゅうことで、お巡りがとりあげよりまんね、あほらし、そんなことされたら一家乾干《ひぼ》しや、お上《かみ》いうのんは血も涙もないのんか、あほんだら、とワタエは腹立って、阿鼻叫喚《あびきようかん》の駅のホーム、うまいこと線路へ飛び下りて逃げましたがな、何が何でもお父ちゃんと子供ら、食べささんならん、思《おも》て、その一心や。主人だっか？　復員してくれたんはエエけど、フラフラの栄養失調で帰ってきて、役にも何にもたちまへんねん……

　そうそ、ウチのかて（とまた別のがいう）、兵隊に取られなんだくせに、戦争すんだら蒲団《ふとん》にもぐりこんでふさぎきって。そのわりに、御飯だけよう食べまんねん。ウチがしっかりせな、思《おも》ても、もう闇市で売るもんも尽きたよって、闇市のカレー屋の手伝いして、わずかなお金と、残りもんもろて帰ったり。雑炊屋で働いたり、肉まん屋で働いたり。お父さんは腑抜《ふぬ》けのまま、カストリ屋台へ入りびたって、阿呆《あほ》かいな、と腹立ちましたデ。よその畠《はたけ》の大根でもカボチャでも盗んできてくれたらマシやのに、

――なんて思いましたわいな。

　そして一同うちそろい、

〈あのとき、わたしらがけんめいに働いて一家支えたよって生き延び、子供も大きイ

することと、できたんや、男はアカン、男は弱い〉と声をそろえる。みな元々〈良え衆《し》〉のご寮人《りょん》さんだったり、中流以上の奥さんだった人である。

そういう強い女たちが、終戦後、ややもすると虚脱や自暴自棄、荒廃に落ちこもうとする日本を支えたのは事実である。私は以前、この時代のことを指して、〈この時期、主婦のしっかりしている家庭だけが生き延びられた。いや日本の主婦でしっかりしていない主婦なんか、このときいなかった〉

と書いたことがあるが、その認識はいまも変らない。（いうことの変りやすい私であるが）

私の家の場合、結局、父は年末に死に、母の苦闘はその後、数十年続いたわけであるが、なんと母はそればかりでなく、父の年齢の倍以上も生き延び、年来の旧友たちをあつめて、

——男はアカン。男はんは弱い。

と気焰《きえん》をあげているのである。

戦後の女性解放は、占領軍アメリカの唱道によるだけではない、終戦時の女たちの奮闘が、女に自負と自信を与えたのであろう。

しかしわれわれは母たちの時代から少しのちになるので、それほど直截的《ちよくせつ》に、一刀両断風に、

〈男はアカン。男はんは弱い〉

といえないのである。

父が倒れてから、看病は私の仕事になった。学校は九月に再開され、幸い私の学園は罹災《りさい》を免れたが、交通機関の復活はおくれているので、通学の難儀といったら、ない。やっと帰宅すると母は働きにいって留守、勉強のかたわら、私は父を看《み》て、貧しい食材をやりくりして夕食の支度をする。十七歳である。

父を往診して下さる近くのお医者さんも、戦地から復員した軍医さんだった。頑丈な体つき、寡黙な先生はまだ四十を少しばかり出られた年頃ではなかったろうか、私が台所にいると、父が弱々しい声で訴えているのが聞えた。

〈子供がまだ〝学校いき〟でおますよってな、もうちょっと、生きててやりとう、おまんのやが……〉

父は大阪商人らしく、柔媚《じゆうび》な大阪弁を操る人であった。父が元気なときには、それは父を品よく、やさしくみせたが、病床のそれはあまりにも憐《あわ》れっぽく、何だかお芝

居じみて聞え、若い私は共感も同情も持てず、意味なく反撥《はんぱつ》してしまった。年若いということは無残、無慈悲なものである。母がいつも父に向って、〈ほんまに弱いなあ〉と嘆いており、父は〈なろ、思《おも》てなった病気、ちゃうがな〉とひよわく反抗していたが、それがあたまにあって、奮闘している母に心を寄せていたのかもしれない。

しかし両親の問答や、父と医師《せんせい》との会話をいまだに記憶しているのは、心の底で父をいたましく憐れにも思い、いとおしく感じてもいたからなのであろう。

人間は大体、親とよく似た人生コースを辿《たど》ることが多いが、〈離婚した両親を見て、自分は決して離婚すまい、と思っていたのに、離婚した、と述懐する知人がいる〉私もまた、病夫を抱えて奮闘人生を送ることになった。

しかし、母のように一刀両断にいえない、というのは、もの書きの省察力なんかではなく、時代の流れ、である。

今日びの女はすでに、半分、男性化しており、一人で世に立ってゆく辛《つら》さも男なみに思い知らされている。発想のすじ道も力も、男とさしてちがいはなくなりつつある。その眼で男を見たとき、〈男はアカン〉と一方的に断罪できない。されば、〈男はかよわい生きものである〉と少し、斟酌《しんしゃく》し、かつ、朧化《ろうか》せるアフォリズムにならざるを得ない。

ここまできて自身、よくわかった、それは〈男〉への愛情がそういわせるのだ。私は男が好きなんである。八十婆さん九十婆さんの本音もたぶんそうなのであろう。

ふたごころ

嘘というものはまあ、よっぽど致命的な、犯罪とよべるほどのものはおいて、たいてい少々は普通に世に行われる。殊に商行為では自然の営為で、商売というもの、これなくして成立しない。

〈よう出てます。これは若いかたがお好みのタイプです。奥さんはお若いから、さすがに若々しいのがお似合いですなあ〉

とか、

〈いまが絶好のお買いどきです。この先、あがることはあっても、さがることはありませんよ。いい汐《しお》どきですよ〉

などという。私なんかであると、いついつまでにと期限を切られた仕事、あ、大丈夫ですよ、ハイハイ、といってできたためしがなく、〈いや、それがですねえ、実は〉

と責任を他に転嫁《てんか》するのに汲々《きゅうきゅう》としたりして、嘘の上塗りになる。

これらはわが利益のための嘘でエゴの結果であるが、もちろん、見栄っぱりから嘘をつくことも多い。しかしこれはあとのお手当てがたいへんだ。ついた嘘をおぼえていなければいけない。

それとは別に、善意の嘘というのも世に多く行われ、命《めい》、旦夕《たんせき》に迫りながら、意識はたしか、という厄介な病人なんかに対しては、〈今朝は顔色がよろしいですよ〉などと元気づける。真実はここでは問うところでなく、思いやりの〈嘘〉が真実になる。病人のほうもまた、気休めのお愛想、と感じていても、何となし明るくなり、頰がぽっと赤らんだりする。——

そうやって世に経《ふ》る歳月を重ねるにつれ、人は嘘まみれになってゆく。善意の嘘もエゴの嘘も、見栄っぱりの嘘も〈ごちゃまぜ〉の状態で、ウソで固めた人間商売、〈京《みやこ》は人を賤《いや》しゅうす〉

——には違いないが、これも人生の潤滑油で、人の世の精疎《せいそ》繁簡《はんかん》の複雑さ、とても人生マニュアルなんかで一括できるものではない。

ところで嘘の中でも男と女の間の嘘は微妙だ。

何となればこのときの嘘は潤滑油が時に起爆剤に変質して、発火したりするから。

しかし世の夫と妻のあいだでは、始終、小さい嘘は渦巻いているようである。川柳では、

「一時間ぐらいで夫婦嘘がばれ」（蔵多李渓《くらたりけい》『類題別　続番傘川柳一万句集』）

というおかしいのもある。一時間でばれてしまうケチな安モンの、手軽い嘘など、つかなきゃいいじゃないか。たちまち、むざんにもばれてとっちめられている。もちろん、夫がとっちめられるのである。

「妻にいう嘘言いやすしばれやすし」（森紫苑荘《しおんそう》『類題別　続番傘川柳一万句集』）

こういう段階だと、〈嘘〉も夫婦仲のビタミン剤みたいで、生活のアクセント、季節のころも更え的というか、年中行事的というか、日々のくらしに弾力を与えてくれるかもしれない。

しかし人生は何がおこるか、一寸先は闇である。それは、日常的アクセントとして流してしまえない大きい秘密を抱えこんだとき。

男は小さい嘘をつくが、大きい嘘はつかない。大きな嘘のときは、ただ沈黙あるのみだから。そこでアフォリズムその一、としては、

男は嘘をつけない代り、黙っていられるという特技がある。男は隠しごとの大家だが、それは正直という徳性と背馳《はいち》しない。

金銭トラブルなら手の打ちようもあろうが、愛や恋、情のからむ秘密は、解決しようのないことが多い。本来的に身分不相応の秘事である。

男は寡黙になってしまう。慎重に話題をえらぶ。妻を刺激しないことに全力を傾注し、秘密を守り通そうとする。そういうとき、妻に愛がさめた、とか、心が冷えた、という男もあろうが、そこまでいかない、というのが大方の事情ではないだろうか。

家庭は家庭として、もう一方は一方として。

不倫なんて言葉も手垢《てあか》がついてしまった。

日本語は多彩で、変化に富み、いろいろ便利な言葉もある。こういうときはたとえば、

〈ふたごころ〉

などというのはどうだろうか。源実朝《さねとも》に、「山は裂け　海は浅《あ》せなむ　世なりとも

君にふたごころわがあらめやも」という有名な歌もあるが、実朝のこの〈君〉は妻や愛人でなくて後鳥羽《ごとば》上皇である。実朝は〈ふたごころ〉なき忠実を上皇に誓う。君臣の仲である。

しかし市井《しせい》の住人としては、往々、〈ふたごころ〉を持って生きざるを得ないときもある。〈ふたごころ〉あって、ナニ悪かろう、と居直らねばしようがないときがある。どっちにも、〈まごころ〉を持つ。多少の量のちがい、質の差はあるが、〈まごころ〉二つで、〈ふたごころ〉。これは、黙って隠さなくてはいけない。何しろ女というものは、全部か無かの選択を迫るものだから。

女の嘘はどうなのであろう。アフォリズムその二、としては、

女は嘘が巧《うま》いが、そのくせ、隠しごとを黙っていられないという矛盾した特性がある。そしてその正直は、女の場合、美徳にならないところに特徴がある。

すでに嘘はフトついてしまった。〈車は急に止まらない〉のと同じく、〈嘘もいったん口から出ると止まらない〉のである。

隠しごとも同じで、これは女にとって、〈人にいうためにある〉という感じ。持ち重りするから、人にしゃべって軽くしよう、なんていうタチのものではなく、しゃべりたくてうずうずするのが、〈女の隠しごと〉である。

正直だから、何でもしゃべってしまう、というのとは違う気がする。

〈いやその、嘘と隠しごととどう違うんですか〉という人がある。じっくりした中年男である。私は考え、

〈隠しごとは、嘘より、もっと〝弱み〟という部分が大きいものでしょう〉

と答えた。嘘は、ついたことを忘れてしまうかもしれないが、隠しごとは夢の間も忘れてしまえない。

〈ふたごころ〉というのは、負担の大きいものなのである。どうしても処世の姿勢としては、〝弱み〟をかばう体で、身は二つ折りになる。人生の戦場で、そんな恰好《かっこう》でいては、奮迅《ふんじん》の働きができない。しかし考えようによっては、この〝弱み〟があればこそ、人間に深い趣が添い、器量が大きくなる気がする。

〈ふたごころ〉は、男を大きくする。……

〈いやー、くわばらくわばら、そんなこと、ようしませんヮ〉

とその中年紳士は舌を震わせ、

〈やっぱり、ぼくらみたいな、気ィの小さいあかんたれは、そんな太っぱらな人生は送れまへんナ。器量が大きくならんでもよろし〉

と恐ろしそうにいう。〈あかんたれ〉というのは大阪弁で意気地なし、というような意味である。

そうかもしれない。〈隠しごと〉というのは、〈何くわぬ顔〉ができないといけないのだが、ここまでくると、ほとんど犯罪の匂いが強くなってしまう。

〈女なら、そんなことはまして、できまへんやろ〉

と彼はいう。たしかにそう、しかし、女でもそういう人生を生きることがある。

それは男の〈ふたごころ〉の一方に立たされた女。妻と愛人と並べると、愛人のほうは、男並みに隠しごとの大家になる。

〝弱み〟は男並みの器量を女に与える。

また、さまざまの苦悩も、女を鍛える。迷い、焦り、いらだち、疑い、嫉妬《しっと》……。

(どこの誰が、こんなに〝しんどい〟恋をするのだろう……)と思いながら、そんな苦界《くがい》から足が抜けない。

いやあ、〈ふたごころ〉の対象にされた〈もう一方〉の側も、たいへんな人生を引きうけてしまったことになる。

しかも、〈ふたごころ〉はほころびやすい。嘘をつくのが巧みな女は、相手の嘘にも敏感という、男にとっては思わぬ伏兵がある。

私は以前、ある小説でこんなことを書いた。

「問いつめて、とことん聞きただすのは妻。

見てみぬふりをして、問いただしたく思うことが口まで出かけても、むりにのみこむのが恋人。

証拠をつきつけて、ぎゅうといわせるのが妻。

証拠を自分で握りつぶして、信じまいとするのが恋人」

妻の攻めかたは搦手《からめて》なんかからこない。必ず大手から、正義の旗印を幟《のぼり》にして陣羽織の衿元《えりもと》にさし、大槍《おおやり》をりゅうりゅうとしごいて男を攻めたてるであろう。

しかし、ここで、人生ちょっといいこともあるというのは、女というものは、嘘だと思っていても、嘘に酔わされるのが好きなのである。

男があくまでシラを切って、言いくるめてくれるのがうれしい。いつのまにか陣羽

織をぬぎ、槍をおき、武装解除して、心もうちとけ、

〈阿呆《あほ》な心配、させんといて〉

などといいながら、内心、

（こんな、ジャガ芋に石ぶっつけたような男が、女にもてるハズないやんか。そやけど、うちのパパほんまにもてるのんかしら。フフフ。昔、ミヤコ蝶々《ちようちよう》さんが、物干しに三日吊《つ》るしといても、カラスもスズメもつつかんような男では魅力ないというてはったけど、ほんまやわ）

などと、まんざらでなく思ったりしている。

――さて、もう一方の愛人のほうは、スリルある恋を満喫する一方で、絶えず、自分の現在位置を確認しつづけている。

そう、〈ふたごころ〉のもう一方の女は、かぎりなく男的になり、〈隠しごと〉の大家になるのである。

私の友人に、〈女はどんなに男を愛していても貸した金のことはあたまにこびりついている〉という女がいたが、〈隠しごと〉というより本音である。これも昔、ある横領事件で世を騒がせた若い娘、司直《しちよく》の手に捕えられてから述懐していた。

〈最初こそ、ターミナルの地下のレストランでしたけど、あとは〝つけめん大王〟のラーメンばかりでした。大金をあの男に貢がせられたけど、二人で贅沢《ぜいたく》したってわけじゃないんです〉

私はとても可哀想に思った。彼女は恋のあいだじゅう、そんな〝本音〟を隠し持っていたのだ。そこで、アフォリズムその三。

本音というのは真率《しんそつ》だけに、下賤《げせん》なことが多い。

ほんものの恋

立秋の声をきくと、ちょっとぐらいは、きびしい暑さもゆるんだ気がする。しかし昼間の炎暑《えんしょ》のほてりはなお去りやらず、夕方になっても気疎《けうと》い熱気がたちこめて窓も開けられない。

こんな夕方はクーラーを利かせて、冷たい日本酒にスダチを搾り入れたのを飲むにかぎる。

フィフティちゃんは、勝手知ったる私の家の食器棚から金箔《きんぱく》入り小壜《こびん》をとり出し、冷酒にひとひらふたひら、泛《うか》べてご満悦である。切子《きりこ》細工の脚付きグラスのそれをかかげ、

〈金箔美人になれますように〉

なんていいつつ飲む。

〈黄金《きん》、なんて体にエエのんですか〉

と夫《おっちゃん》に聞くイチブン氏。

〈知らん〉

と無残にいいすてるおっちゃん。

〈おっちゃん、ドクターと違《ちゃ》いまんのか〉

〈それは浮世におったときの身すぎ世すぎじゃっ。いまはもう、そんな色気はないわい!〉

身すぎ世すぎは色気でするものか、という話になった。しかし考えてみると、せっせと日々のパンのために働くのも、ある種の色気なくてはかなわぬような気もしてくる。ずいぶん広範囲な意味で使われるのが〈色気〉もしくは〈イロ〉である。商売に於《お》いては、値段の交渉に〈も少し、イロをつけて下さいよ〉と婉曲《えんきょく》に暗示したりする。条件さえ折り合えば商談成立、と示唆されて、〈向うさん、色気出しとりまっせ〉などと売り手は手をこすり合わせて勇み立ったりしている。

生命力というか、気魄《きはく》、というか、意気ごみというか、精気、気焔《きえん》——そんなものがエーテルのごとく、対する相手に感じられる、それが色気であろう、ということになった。

しかしおっちゃんは、

〈そんな、ごじゃごじゃしたんは知らん、ワシのいう色気は、もっと簡単な、単純色気じゃっ。ナニが好きなヤツのことじゃっ〉

という。近来、彼は口マメに詳述しないからわかりにくいが、ははあ、〈好色〉のことですか。好色、イコール生命力、と？

〈そや。そういうヤツは元気じゃっ〉

わかった。私も一つの啓示を得た。

そこで私の、今夜の、まず第一番に浮かんだアフォリズムは、こうである。


好色な人は男も女も、人生、たのしそうに生きている。


こう、ぶちあげると、あとは百家争鳴《そうめい》になった。イチブン氏はいそぎ、口を出す。

〈われわれ熟年にとって、やっぱり究極のあこがれは、好色やいろごと、というより、恋やなあ。一世一代のラストの恋をして、この世をおさらばしたい、ちゅう、せつなと挑発的に鼻で嗤《わら》うのはフィフティちゃん。

〈そらそうですよ。いろごとは何や、レンタルっぽいけど、恋は買い取り制、という感じですがな〉

イチブン氏には、いままでの人生から〝恋〟についての定義ができあがっているようであった。

〈若いときは、この二つをいっしょくたにしてる。〝ちまたには、ちまたの恋がみちみちて、われはこよなく、ロダンを愛す〟という、誰のうたや知らんけど昔、読んだことがあります。若いときは〝ちまたの恋〟でも腹がふくれる。しかしもう、この年になってみると、量はいらんから、質でいきたい、と思う。ほんのぽっちりでもエエ、おいしい、ほんものの恋を味わいたい、と思いまンな〉

〈いままで、全くなかったように聞えますね、ほんものの恋愛経験が〉

と私は皮肉っぽくいってやった。

〈いや、そのとき、そのときではほんものの恋や、と思《おも》てたんでしょうな。しかし年を重ねると望みが高うなってくる。ついでに機会も遠ざかる。叶《かな》わぬ夢がいよいよ慕わしくなる――という寸法。どないしたら、エエのんでっしゃろ。オトナの恋は難しいもんでんな〉

私を顧みていわないで下さい。

〈けど、その、一世一代のラストの恋、なんて大げさに構えるから、いけないんじゃないかしら〉

と、これはフィフティちゃん。

〈そう身構えてたら機会はどんどん少なくなるわ。中年の、ってか、オトナの恋は、当意即妙《とういそくみよう》でエエのん、ちがう？〉

いい年のオトナ同士の会話の妙は、漢字や熟語がぽんぽん出ても、話が通じることだ。（若い人たちだと、それが英語や当世のスラングに代るのだろうけど。若い人たちのために、フィフティちゃんのいう〝当意即妙〟を解説すると、その場その場に応じて、すぐ、適切な言葉や態度を択《えら》べる能力のことである）

これでみるとフィフティちゃんはかなり、オトナの恋の練達者なのかもしれない。

〈いや、しかし〉とイチブン氏は、今夜の酒の肴《さかな》の一つ、芋茎《ずいき》と薄揚の煮たのに箸《はし》を

のばしながら、

〈もう、このトシでは昔みたいに当って砕けろというわけにもいかん。というて、代りのテクも持ち合わせとらん〉

〈テクより真情、でしょう〉

私はあらたについだ冷酒に新しいスダチを搾りこみながらいった。私のグラスは薄緑色のリキュールグラスで、清酒に適《あ》う。

〈そこがオトナの貫禄《かんろく》やないの、おのずから若いときと違って、迫力がありますよ、オトナの底ぢから、っていうか。それでいって下さい〉

私はけしかけるようにいい、イチブン氏のグラスに冷酒をつぐ。

〈いや、その、まあ、こっちも、頭は禿《は》げたり、白髪になったり、だいたい、男は禿げるか白髪か、どっちかやけど、ぼくのは両方やから助からん〉

とイチブン氏はぐっとグラスをあけ、

〈まあ、そういうトシのオトナの男が、ですな、好もしいと思う女性にモノをいうとする。年甲斐《としがい》もなくしどろもどろになってしもたり、する。これがせつない〉

〈おンやあ、それじゃ、現在、そういうお目あてがいるわけ?〉

といろめきたつフィフティちゃん。

〈いや、そういうわけやあらへんが、もしそうなると仮定して、きっと、しどろもどろになるやろうと……〉

〈いいじゃありませんか、しどろもどろで何、悪かろうというところよ。それこそ魅力やわ〉

と私も力づけてあげる。

〈だいたい、人前でしゃべるときにあんまり流暢《りゅうちょう》なのは感心できないわよ。しどろもどろのほうが好意をもたれるわよ〉

それで思い出した、こんな川柳がある。

「あいさつのしどろもどろを愛すべし」（岩井三窓《さんそう》『川柳燦燦《さんさん》』）

――世の中で貴重なのは、真情であって、その表現方法の不備は問うところではない。むしろそのほうが粋《いき》である。

よって、二つめのアフォリズムができた。

スピーチ・講演、また、恋の告白につき、上手すぎる人はイモである。

もちろん真情もよくそなわり、表現も洗練され、という達人もこの世にはいられる。私のいうのは、真情より表現のテクがうわまわり、かつ、それに自己陶酔している人のことである。

〈そうよン、それに、ラストであれ、何であれ、恋愛なんて期末決算とちがうわよン〉

というのはフィフティちゃん。

〈チャンと整理して収支をキッチリしないといけない、なんてもんじゃないの。うやむや、ナアナアで書類を折りたたんで、ポケットへ入れときゃいいの、さあ、これからどきますよ、なんていう人はいないんですからね、モゴモゴ、うやむや、ナアナアでエエのん、違《ちゃ》う？〉

イチブン氏は〈てへへ……〉と笑うのみ、何だ、照れてるのか、やっぱり〈オトナの恋〉に身を灼《や》いてるのかしら、わるくはないけど、〈そんなんと違《ちゃ》う〉と必死に、彼は手をふって否定するのもおかしい。

〈あたしの貧しい経験でいうと〉とフィフティちゃんは、恋愛問題、ことに〈オトナの恋〉については任せなさい、という感じで、鷹揚《おうよう》にいう。

〈中年以上の恋愛、というのは、ハタ目に悟られない、まわりに知られないようにするところに、苦労があるのよね〉

〈若い人だって、そんなことはあるかもしれない〉と私。

〈うん、だけど、若い人は縫物の糸の端に結び玉をつくってないようなもんで、あとは野となれ山となれ、って感じで、アフターケアはほったらかしのことが多い。でも中高年の恋は、あとあとのことも見通さないといけないから、やみくもに手を出せないし……という、ふかい、おもんぱかりもあるのよ、それわかるけど、そこんとこ、ちょっとはずして、ちゃらんぽらんにみせかけて、実は、――という、何てったっけ、姿くらますことを……〉

〈韜晦《とうかい》？〉と私。またもやわれら世代の通弊《つうへい》である、文語文や難しい漢字好きの悪癖が出る。

〈そ、そ。韜晦して恋をたのしむのでなくちゃ〉

〈うーん、しかしまあ、ある特定の対象をエエなあ、好もしいなあ、と思うだけでも、まあ、人生がゆたかになる気ィもするし、なあ……〉とイチブン氏は考えこむ。

〈おやおや、ずいぶん純情ねえ、じゃ、手も握ったこともないんですか〉

〈現実の話やおまへん、いうとるやろが〉

とイチブン氏がむきになったので、かえって現実っぽく聞かれた。早速、できたアフォリズム、二つ。


愛する、ということこそ人生の主役であって、そこへくると愛されるってほうは、人生の脇役にすぎない。

究極の恋は手も握らない関係に尽きる。


それを披露するといままで黙っていたおっちゃんがいった。

〈何が究極じゃ。男と女の究極は、二人で漫才やって楽しんで、そんで二人で寝る、これに尽きるんじゃっ〉

これはうやむや、ナアナアでなく、はっきりしてる、ということで、また飲み直しになる。

血の冷え

私は前に、「家庭の運営」というテーマに関するアフォリズムを書いたが、今回は、家族、親戚《しんせき》、身内について考えたいと思う。

というのも、最近、結婚式や葬式、幾度か出席する機会があり、さまざまな感慨を強いられたからである。

結婚式は親族のそれもあり、他人のにも招かれたが、いずれも（当然のことながら）一同、和気藹々《あいあい》であった。親族同士はたいてい、噂するときは地名で呼んだりしている。

〈豊中《とよなか》の爺《じい》さん、えらい年をとりはりましたナー。きつい人やったけど、好々爺《こうこうや》にならはって〉

〈ほんま、ほんま〉と好意的に。――〈ええトシのとりかた、してはる〉みな、うなずく。

〈池田のお婆ちゃんはまたまた、いつまでもお若うてきれいやな〉

〈若作りが似合いはります〉

〈残んの色香、いうのは、ああいう風なんをいうんやろうな〉というのは、一族から、箕面《みのお》のお爺ちゃんと呼ばれている長老。膝《ひざ》をのり出して、内緒話っぽく、

〈なんせ、若いときから艶名《えんめい》をうたわれたお人やよってな〉

〈箕面のお爺ちゃん、そんな難しい言葉使いはったかて、ワシら若い者にわかれしまへんがな〉

〈わからんようにいうてんのじゃ〉

親和感に満ちた笑い声があがるのも、祝宴らしい華やぎである。豊中も池田、箕面も大阪近郊の地名である。久しぶりに逢《あ》う古い親類、見違えるほど成長した若者たち、人々は歳月の流れを見てとり、感動する。その頂点に、花婿・花嫁がいる。

この一組の新郎新婦を生むために一族があった、というような昂揚《こうよう》感に一同は包まれ、晴れ晴れと酔う。過去のいささかの紛糾《いざこざ》もみな流されてしまい、むつみ合い、心をひとつにして祝福する。

これが葬式であるとどうか。

しめやかなうちにも、和やかに、といきたいものであるが、往々にして葬式で荒れることが多いのはなぜであろうか。

「泣き泣きもよいほうをとる形見分け」

という古川柳があるが、お棺を前にして早くも遺産相続で揉《も》めたというのはよく聞くところである。

お骨《こつ》あげして帰ったばかりというのに、精進《しようじん》料理の席で、オマエが苦労させたから娘は早死にしたと、婿に食ってかかる嫁の親もいる。かねておさえつけていた憤懣《ふんまん》が、ひとこと、ふたことの応酬のうちに、たまらず噴きあがったのであろう。

焼香の順番に文句をいう親類もいる。

私の体験したのでは、〈ばらずし〉を盛るのに、皿に盛ったと怒り出した老人がいた。それは仕出し屋から取ったのではなく、家族や近所の主婦たちが手分けして作ったものである。家じゅうの食器を動員し、御飯茶碗《ぢやわん》にも汁椀《しるわん》にも盛った。ただし、おも立った来賓、老人、大人の男たちには、皿盛りした。関西の家庭ではばらずしは縁《ふち》高《だか》の平皿に盛り、金糸卵や三つ葉、海苔《のり》、紅生姜《べにしようが》などを、見た目にも美しく飾ることになっている。見るからに食欲をそそるもので、これは平皿に盛るからこそ映えたつ飾りである。
しかるにその爺さんはその風習に疎《うと》かったのか、
〈ワシは犬か。皿なんかに盛りくさって〉
とゴテたのであった。
さきの結婚式の連中も、一つまちがうと、〈豊中のお爺ちゃん、あんた今でこそおとなしならはったけど、昔はこんなこと、いいはった、えげつなかった〉
などといい出すのが、葬式というものである。死者のことをもち出して、
〈豊中のお爺ちゃんに、こんなこといわれた、いうて〇〇は泣いとりましたデ〉
などと昔のことをむしかえす。あげくのはては、
〈さすがに昔、モク拾いして闇市で売ってただけの根性はある〉
などと大昔の所業まで曝《あば》いてしまう。好々爺の爺さんも負けていず、地金が出るであろう。
〈そういうお前の親爺は闇のブローカーやって、ひと財産作ったのは結構やけど、悪銭身につかず、最後は逼塞《ひっそく》したやないか〉

モク拾いというのは、終戦後の物資欠乏のとき、人の吸い捨てた煙草を拾い、ほぐして巻きなおし、ばら売りする商売のことである。これも煙草にかつえる人の需要に応じたあきないだ。物資のまわらぬ混乱の戦後はブローカーも暗躍した。〈池田のお婆ちゃん〉は下宿させていた大学生との艶聞をすっぱぬかれ、これまた大騒動となり、仲裁しようと出てきた箕面の長老は、〈うるさいわい、年寄りの出る幕ちがう、引っこめ、死にぞこないめ〉などと罵倒《ばとう》されるかもしれず、いやもう、葬式の席での揉めごとは大なり小なり、避けられぬものらしい。人間の習性は祝福でまとまるより、不平不満、怨恨《えんこん》でばらけるほうにかたむきやすいとみえる。

よって私の考えたアフォリズムは、

結婚式はすべてを水に流させるものであり、葬式は水に流したことをまた、むしかえさせるものである。

私などは古い昔、「兄弟《けいてい》牆《かき》に鬩《せめ》ぐとも」外では共に侮りをふせぐ、などと教わったものだが、今日びはエゴの衝突で、兄弟姉妹でせめぐのである。
血は水より濃い、といわれたが、昨今ではどうだろうか。よって、私のアフォリズム、その二。

血は水より薄し。

あるいはこれを解説してアフォリズムになおすと、

親子だからといって気が合うとは限らない。
伯父《おじ》（叔父《おじ》）さんだからといって意見してくれるとは限らない。

ということになる。気の合わない肉親は他人より始末がわるい。家庭内暴力などの問題児に、もはや現代の両親で、どのくらいの割合の人が対応できるであろうか。どうしたらいいんですかねえ……とつぶやきつつ、仕方がない、目の前の仕事へ逃げてしまいたい。

〈ぼくは会社がある〉

と蒼惶《そうこう》として出勤してしまう。

妻も勤めていれば同じようなものであろう。

実際、どこから手をつけていいかわからない、という親が多いと思う。一人ずつ手当ての方法もちがうだろうから、一律的な解決策はないと思う。生まれつきの気質も生育環境も違う若者（ただし研究者、あるいはしかるべき相談機関の当事者によれば、共通の問題点はあるといい、対応策のマニュアルも示唆してくれるかもしれないが）、一件で成功した方法が全ての問題にあてはめて機械的に成功するとは思えない。

さま変りしたわが子に、血の冷《ひ》えを痛感する親は多いであろう。血の濃さを信ずることは、もうできない。

すべての原因が親にあるといわれ、今までの人生と向きあうことを否応《いやおう》なく強いられる。

ごくフツーの（と本人は信じているし、周囲もそう、査定する）、市民、フツーの家庭と思って暮らしてきた身の、あれがいけなかった、このときこう対処していれば……などと、したりげに指摘されても、

（どうも、なあ……）

と深い混乱を与えられるばかりである。子育てがこんなに困難で、惑乱にみちたものと、前以《まえもっ》て誰かが耳打ちしてくれれば、また、考えようもあったものを——と思う。しかし、それは時代である。産んだときは、まだそんな問題は社会的水面に浮上していなかったのだ。（水面下ではあったものの）

時代のせいだから、政府がもっと支援してくれるべき、と親たちは思い、今は年齢的に〈一、抜けた〉になっているわれわれも思う。

この問題から逃げたい親たちは、

（だれか、来て、息子・娘に、よう、言い聞かせてくれませんか）

と必死に念じているであろう。世に〈言い聞かせ屋〉があるとすれば、お金を払って傭《やと》いたい、と思うであろう。

これを責任のがれ、とばかり責めることはできないと思う。だれにもそんな器量は与えられていず、〈本物の、親の愛があれば……〉などと単純にはいえない。

昔はどうだったろうか。

血の熱さ、血の濃さを証明するように、身内がご意見番になる。指導のベテランであり、対応策を考えてくれる相談機関であった。

昔の〈伯父さん〉〈叔父さん〉はそんな地位にいた。子は父親に反撥《はんぱつ》しても伯父さん叔父さんには、いささかの遠慮もある。

ところが伯（叔）父は、甥《おい》だからといって手心しない。父親より居丈高《いたけだか》に意見する。若者も、父親は殴れても伯（叔）父は殴りにくい。それを見越して伯（叔）父さんも容赦なく叱りつける。

「盃《さかずき》出して伯父を静める」（『誹諧《はいかい》　武玉川《むたまがわ》』）

というのも、それであろう。意見をいううち、怒り出す伯父さん。まわりははらはらして、〈ま、ま、お一つ……〉と急いで盃を出して伯父の激昂《げっこう》を静めるというあんばい。

「伯父貴からちょっと来《き》やれはいやなきみ」（『誹風《はいふう》　柳多留《やなぎだる》』）

ちょっと来い、と伯父さんに呼びつけられたのは、また意見でもされるんだろう、いやー、かなわねえなあ……、という句。

これなども、昔の庶民らの血の熱さを感じさせるもの、甥は伯父のご意見に閉口している。しかくその時代はやり易かった。……

そう、〈意見〉なのである。血族同士を他人と思わず、非があれば意見して正道へ引き戻そうとした。意見は自分の真と信ずる所の表明であり、それを他に及ぼそうとする強烈な働きかけである。ただの忠告と違う。未開蒙昧《もうまい》の漂民を王化に浴さしめようという開拓者の情熱にも似ている。ワシのいうことはまちごうとらん、という烈々たる信念がある。父親からは伝わりにくく、かえって岡目《おかめ》八目《はちもく》の伯（叔）父さんあたりが述べやすいもの。

現代では烈々たる信念は地を掃《はら》ってしまった。伯（叔）父さんたちはわが家のことですら守りかねる。〈意見〉する者はいなくなった。

——血は、かくて、水より薄くなった。薄明の塵《ちり》の世を、血にも頼れぬ淋《さび》しい魂が、おぼつかなげに浮游《ふゆう》している。

ほな

私はいまあるところに『誹諧《はいかい》武《む》玉川《たまがわ》』について書いているが、ここには寸鉄、人を刺すという警抜な句がたくさんある。七七の句にいいのが多い。

(たとえば、思い出すままに並べてみると、

「背中から寄る人の光陰《こういん》」

人の年齢は背中からくる、というのだ。

「子の手を曳《ひ》いて姿崩れる」

美人も子持ちの内儀となってはカタなしである。無論、そうでない女もいるが。

「悋気《りんき》の飯《めし》を暗闇で食ふ」

こいつは凄《すご》い。この嫉妬《しっと》のすさまじさに比べたら、六条御息所《みやすどころ》の生霊《いきりょう》なんぞそばへも寄れない、というところだろう)

私は〈負けん気〉の挑みどころを触発されて、〈むたま〉に張り合う、寸鉄殺人というべき警句箴言《しんげん》を考えてみた。だがやっぱり、下手の考え休むに似たり、〈むたま〉に張り合うには当方の器量不足はまぬがれがたい。

しかしながら私は、長年、恋愛小説を書いてきた。これは私が恋愛経験豊富なため、と思ってくださる向きがあると嬉《うれ》しいのだが。（誰もそんなこと思《おも》てへんワイ、いう声が諸々方々から湧きおこるであろうが）実は陰の声の通り、そうなんである。経験乏しいがため、異常に想像力がたくましくなるのである。私は男や女のタイプに関する知識量も在庫豊富と申せない。恋のさまざまな相《すがた》に関する見聞も同様、貧弱である。そこは諸兄諸姉《みなさん》のご憫察《びんさつ》の通り。ただしかし、そのために、かえって妄想をたくましくし、脳漿《のうしょう》を搾って考える、ということがある。

私は恋愛小説のさまざまを長・短篇いくつも書き散らしながら考えた。

そして究極の恋愛小説のテクを発見した、と思った。（というのは、考えは年齢によって刻々、かわるだろうから）

いまの時点では、恋のはじまりより、恋のラストに留意すべき、ということである。はじまりは、大切そうで、実はそれほどでもない。『源氏物語』の、光源氏と藤壺《ふじつぼ》の道ならぬ恋も、はじまりは明白に書かれていない。突如として二人のラブシーンがあらわれ、しかもこれは二度目の逢瀬《おうせ》であると暗示されている。「あさましかりしをおぼしいづるだに……」「若紫」の巻、最初の出逢いは自分の意志ではなかったけれど、と宮は思う。

この恋は藤壺の落飾で終る。つきまとう源氏をあきらめさせるにはそれしかない。源氏は唐突に告げられた宮の決心に自失する。とりすがって怨《うら》みたいところだが、父帝崩御一周忌の法要の席、人目がある。公的な進退を要求される公人の立場として、取り乱せない。

源氏のおしかくした悲傷に読者も心をゆすぶられ、ここに二人の邪恋は、美しい悲恋に昇華する。

これで見てもわかるように、恋愛小説は終りかた、別れかたにウェイトがかかる。私の小説でも昔の読者は（小説全盛時代だったから）みな熱心・純粋で、〈剛《ごう》と乃里《のり》子《こ》はどうなりますか〉だの、〈レオとモリは結婚しますか？〉なんていう手紙がたくさんきた。だからある点、恋愛小説は推理小説に似ている。真犯人は〈別れかた〉〈恋の終りかた〉である。

『武玉川』には及ばぬけれど、恋の終りのアフォリズムを蒐《あつ》めるとすれば、こうもあろうか。

一緒に笑うことが恋のはじまりなら、弁解《いいわけ》は、恋の終りの暗示である。

いいわけは、かくしごとを暗示する。尤《もっと》も恋にはある分量のかくしごとは必要である。それは恋を一層おいしくする香辛料のようなもの、相手を愛する気持にエゴはないから。

しかしいったん利害の陰のさすエゴが生まれると、恋は腐臭をたてはじめる。

恋をおいしく味つけするはずの〈かくしごと〉は、ワルの臭いのする犯罪になってしまう。弁解は嘘のはじまり。嘘や弁解を見ぬいていながら、まだ〈恋〉がたゆとうている人は、気付かないふりをする。

そして自分の、(恋ゆえに) 鋭い洞察力を自分で悲しむ。

その心の底には、

(もしかして……私の思いちがいかも?……)

というはかない一縷《いちる》の望みがある。しかしそれさえも自分で（はかない希望）と悟るのは、これも恋の与える明察力のせいである。このへんで理性と恋がせめぎ合う。

（現実をみろ）

と理性は示唆する。相手の、心がわりというのではないが、人は、二《ふ》タ股《また》、三股、に関心が向く動物で、つねに変化し、推移する。神変不可思議な男の心、女の心である。変らないほうはやきもきしつつ、状態の変化だけを敏感に感じとっている。何かがちがう、何か、前のようでなくなった。人間は皮膚感覚の生きものである。動物のように毛で掩《おお》われていないから、全身で感知してしまう。ひょっとして、

（別れることになるかしら？）

——その言葉が脳裡《のうり》にひらめいたときから〝別れ〟ははじまる。

考えついただけでもう〈アカン〉のである。

よって私の〝別れ〟に寄するアフォリズムその二。

別れ、という言葉を心で思いついたこと自体、決定的である。

というものだ。いったん心に棲《す》みつくと、その言葉はなかなか、出ていかない。別れかたにも、しかし、いろいろあり。罵《のの》り合い憎み合って別れるというのは、双方、同じ度合いであると緊張感がよく拮抗《きっこう》して、あとくされないが、どっちかが未練を持っているとむつかしい。

まして双方、まだ未練があるというときには、どうしたらよかろうか。そんな、新派の舞台みたいなこと、現代、あるはずもないだろうというなかれ。現代だって〈真《ま》砂町《さご》の先生〉はいるのですよ。

それは〈女の仕事〉である。憎からぬ男が商売替えするとか、遠方へ赴任するとかで、離れないといけない。女は仕事持ち、おいそれとついていけない。（ついていきたいのは山々であるが、世の〃軍律〃はきびしい）

まあ、世の中には長距離をものともせず恋を貫かれるかたもあろうが、仕事と男と両天秤《りょうてんびん》にかけて双方、うまく手に入れるというのも器量が要る。いつしかに縁が切れ……ということになった男や女も多い。

そんな運命になった女に聞いてみると、

〈長距離恋愛は、カネがかかってねえ……〉

といっていた。

〈それはいいけど、時間の都合がつかなくなった〉

人間はトシとるほど、忙しくなるものらしい。（げんに私のような、ぐうたら物書きでもそうだ）そして彼女の恋は、いつか、人魂《ひとだま》のシッポ風にしゅうっ――と尾を引いて消え、いちばん最後に逢《あ》ったときの彼の終りの挨拶《あいさつ》は、

〈また、電話するワ〉

であったよし。

これは別れの言葉としてはかなり、いいところをゆくのではあるまいか。ケンカもせず、会社に放火してでも会いにゆきたいという、八百屋お七のように無垢《むく》でいちずの恋でもないとしたら、〈また、電話するワ〉がオトナにふさわしい別れというものであろう。

よって別れのアフォリズムその三、としては、

〈また電話するワ〉というのは最高の別れのメッセージである。

人は、人との別れのとき、いつどこでまた会ってもいいように、良好な関係のまま別れないといけない。広い世間のこと、自分が世話にならなくても、自分の知己友人の輪のどこに人脈がつながるか、しれはしない。そこが世間の面白いところで怖いところ。

さてしかし、だ。

そういう外的条件のおかげで別れたのでなくても、いつかは愛は褪《あ》せ、熱も冷《さ》め、絆《きずな》はほどける。

そしてこの、恋の絆というヤツ、これが実にほどけやすいしろものであるのだ。これをいつまでも強く結びつけておこうとすると、とてつもないエネルギーと情熱、それにさまざまのテクや知恵を必要とする。

しかしそうやって結びつけた絆でも、ほどけるときはいつか、ほどけてくる。そういうときに、別れのステートメントとして、

〈また電話する〉

では、まだ脂っこい。

よって私の考えた別れのセリフ、これは別れだけではない、人生すべてのものに対

しての心構えともいうべきアフォリズム。

人生でいちばんいい言葉は、

〈ほな〉

である。

この〈ホナ〉は大阪弁なので少し説明が要る。接続詞で〈ほんなら〉——それなら、ということ。じゃあネ、などという語感か。〈それなら〉が〈そんなら〉になり、そこから〈ほんなら〉になり、ついに極端に短縮して〈ほな〉になった。デパートの地下階をデパチカというが如し。

そんならさいなら、の意味も込め、その奥に〈では運命のままにお別れいたしますが、これは私の本意ではございません。しかし、こと、ここに立ち至った以上、悪あがきして運命の流れをむりに堰《せ》きとめても詮《せん》ないこと、昔のたのしい思い出を胸に秘め、一生、忘れはしますまい。あなたさまも新しい未来に希望を持たれ、さらなる面白い人生に出会われますよう、お祈りします。たのしい時間《とき》を仰山《ぎょうさん》もろうてありがと

さん……〉

これが煮つまって出てくるのが、

〈ほな〉

である。人は逝くときも、〈ほな〉と人生に別れを告げて逝くのがよろしく、原稿の引きぎわも〈ほな〉で切り上げるがよろしかろう。

結婚は外交

夜、私とフィフティ嬢が飲んでいると、イチブン氏から電話があり、ちょっと顔出しても、

〈よろしおまっか〉

諾《だく》するや否や、即、玄関でピンポンと鳴った。門の前でケータイをかけたようだ。

こういうとき、ケータイは可愛くない。私はいう。

〈やっぱり、電話があって待つことしばし、まだ来《け》えへんのか、何してんねんやろ、ハハア、手みやげに何ぞ買おうというので、駅前のコンビニで物色してはるんかいな……と……〉

〈手ぶらで来てすんまへん〉

〈いやいや、そう思わせてやっと……というのが、あらまほしい電話と人間の関係、

ということを、私はいいたいのですよ、べつに手みやげを催促してるんじゃありませんけど〉

私はお酒を頂いているときは常にご機嫌であるゆえ、メンバーが揃えばいい気分である。

〈それなら、よかった、いや、会社の連中と飲むことがあったんやけど、二次会までつきあう気ィせえへんし、というて、このまま家へまっすぐ……という気にもならず、ハテ、こういうときには、と考えて思い浮かぶのは、このウチやがな〉

なるほど、イチブン氏は少し頬を染めて、やや出来あがりかけである。

〈どうして二次会へいかなかったの？〉とフィフティちゃんは、かいがいしく、イチブン氏にウイスキーの水割りをつくってすすめてやる。

〈一次会ならともかく、二次会までは面白《おもろ》ない、という奴ばっかり、でしてん〉

イチブン氏は上衣《うわぎ》をとり、ネクタイをゆるめている。

それはあるかもしれない。

一次会で面白い人と、二次会で面白い人、人間には二種類ある。私はもとよりサラリーマンの生態に疎く、イチブン氏の職場のたたずまいも、知るよしもないが。

一次会をタテマエとすれば二次会はホンネの吐きっくらになるかもしれず、そのときに面白いかつまらないかに分れる。

〈そうそう、つまり、おたくでの二次会は会社の連中とことかわり、ことほどさように面白い、ということですワ〉

とイチブン氏はすっかりくつろいでぐっとグラスをかたむけ、舌軽《したがる》にヨイショ、ヨイショ、ヨイショ、する。

いつも舌軽にお愛想が出ればいいのだが、日本の男は（といって私は外国の男もよく知っているわけではないが）酔いが廻《まわ》らないとお愛想を舌軽気軽にいわない。アルコールの濃度次第では、スラスラシャーシャーと、おべんちゃらやお愛想、お上手、お世辞に殺し文句が出てくるようである。（もちろん、酔うほど却《かえ》って人のワルクチや非難がなめらかに出てくるという難儀なのもいるが）日本男を愛想よくさせようとすれば、いつも酔っ払わせないといけない、ということになる。

〈二次会はともかく、まっすぐ家に帰れないってなんで？〉とフィフティちゃん。

〈いえね、おたくを咎《とが》め立てしてるんじゃないのよ。あたし、ヒトリもんだからして、そのへんのツボというか、呼吸っていうか、なんで男は用がすむと、すぐ家へ帰らないか、そこんとこがよくわからないから、後学《こうがく》のため、聞こうと思って〉

〈そんなむずかしいこと、わかりませんよ〉とイチブン氏は機嫌よく、〈ただただ、まっすぐ家へ、帰りとうないだけ、ですヮ〉

——浄瑠璃《じょうるり》にも、〈女房のふところには鬼が棲《す》むか蛇《じゃ》が棲むか……〉という文句があるけど……。

〈帰りたくないような家庭なら、なんで持つの?〉

フィフティちゃんは無邪気に聞く。ひやかしているのではなく、真実追究に燃えているため、というのがよくわかるが、

〈家庭? 誰も家庭のことなんか、いうてまへんデ! 家と家庭は違《ちゃ》います!〉とイチブン氏は吠《ほ》える。すでに一杯目のグラスは空《あ》き、自分でいそがしくつぐ。

〈家庭、いうたらハナシが堅《かと》うなります。女房《よめはん》、子供、年寄り、みな入って来まっしゃないか。神聖、侵すべからずというもんになる。そんなややこしいもんと違《ちゃ》う、タダの家やがな〉

〈よくわかんないけど〉

〈〝家〟は、自分が知らん間《ま》ァに持っとった、という感じのもの。〝家庭〟は、これは自覚するもん。いつも〝家庭〟持っとる身、とわが身に言い聞かせとかな、あかんも

〈へーえ〉

〈ようくわが身に言い聞かせとく。でないと、すぐ束縛をぬけ出したがるからなん〉

〈誰が〉

〈自分が、や。よく自覚させとく。そういう、固苦しーい、気のおもーい、くらーい、うっとうしーい、もんなん〉

イチブン氏の舌は、内容にかかわらず、かるがるとよく動く。

よって私の考えたアフォリズム、その一。

〝家〟は時に帰りたくなければ、気ままにしてもよいが、〝家庭〟は、常に帰るべきところである。――男にとっては。

〈だからむつかしいんですね、〝家庭経営〟というのは〉

と私はいった。そんなむつかしいものなら、やーめた、と今どきの若い者はいいそうである。

〈そうかなあ。家庭というのは夫と妻、夫婦で何とかやっていくもんでしょう。男だけが辛抱努力をしているように聞えるけど〉

フィフティちゃんは〈家庭〉の中へどうかして女を押しこみたいようであった。イチブン氏の言によれば、女は〝家庭経営〟の素材の一つにすぎず、運営者ではないように聞えるが、彼女としては、共同出資者、共同経営者と主張したいらしい。

〈それはそうやけど、男から見ると、妻と女は違《ちゃ》う。妻は〝家庭〟の一部やな〉

〈そんなこと、ありですかっ〉

とフィフティちゃんが声を励ましていうので、私はいそいでいった。

〈まあ、家庭へ入れば、男も夫になるから同じでしょう〉

〈あ、そうそう、その通り〉とイチブン氏は助かった、とばかりうなずく。

〈じゃ、〝家庭〟というのは、よっぽど変則的な機構なんですね。人間を変質させてしまうんですねッ。それなのに、なんで誰も彼も結婚したがるのかしら〉フィフティちゃんは自分は、したがらぬようにいう。

〈いや、ま、ほんまにそう思うときもある。そういわれれば、たしかにそう〉

イチブン氏は、おとなしくいう。その言い分には、けなげな理性が酔いに巻きこまれず、必死に踏みとどまっているという努力が仄《ほの》かに感じられる。それは私には次の如きアフォリズムその二を思いつかせるのである。

女に言い勝ってはいけない。収拾つけようと思えば。

〈たしかに、女房《よめはん》と円満に、思うたら、毎日、ないチェ絞らんならん。こんな苦労してる位やったら、ぼくでも一国の外務大臣、つとまる、思うときもありまっせ〉

イチブン氏の述懐により、アフォリズムその三、としては、

結婚は外交である。つまり駆引《かけひき》と謀略に尽きる。

〈ふはー。そうまでいわれて結婚する子、あるかしら。あたし、もう、やめようかなあ。結婚って、やすらぎ、くつろぎ、のびやか、ゆとり、平安、なんてイメージじゃないですか……〉

〈斎場の名ァやあらへんで〉

とイチブン氏は茶々を入れる。

〈たまにゆったり、くったり、と家でくつろごうと思うときに限って、女房《よめはん》は大掃除したがる。ぼくの居らんときにしてほしい、と思うが、前々からきめてあったことで、そのために、新しいタンスだか戸棚だか、配達してもらう手はずになってる、という。そんなこと聞いてないっ、というと、先週の日曜日にいうた、とこうなる〉

〈はー〉

〈前のタンスや戸棚はどうした、というと、人にやったとか、へちまとか。まだ使えたんちがうか、というと、「戸がしまらなくなってたんですよッ」と。ウチの女房《よめはん》、気に入らんときは、ていねい語になるからヤバい〉

〈なるほど〉

〈新しい家具が入ると、家内中がそわそわ喜んでるが、しかしぼくは慣れんから困るんですワ〉

〈それは、そう〉

〈しかも帰るたび、位置がかわってる〉

〈ハハア〉

〈こっちはそれに耐えて必死に順応していくだけ〉

要するに、これをアフォリズムにすれば、その四、
家庭運営能力というのは、順応力のことである。

〈うーん。それが、夫婦円満のコツですかあ？〉

フィフティちゃんがなげやりにいうのへ、

〈コツといえるかどうか、夫婦、というより、家庭円満のコツは〝見て見ぬフリ〞に尽きるなあ……〉

イチブン氏のしみじみした述懐。

〈さびしいこと、いわないで下さい。だって、いやしくも男と女が共棲《ともず》みしてるんじゃないですか。たとい、男が夫に化け、女が妻に変《へん》じようとも、ですねえ、やっぱり、男と女でしょ、色気が少しぐらい、あってもいいじゃないですか。ソコハカとなく、という程度でもいいですよ。……そんなのが欲しいなあ。家庭運営だの、結婚は外交だの、冷たい現実をつきつけないでよ。夢が欲しいじゃないですか〉フィフティちゃ

んは少し酔ったらしい。

〈ねえ、おっちゃん、そうじゃないですか〉

今まで黙って酒をすすっていた夫は、はじめて口を開き、

〈そや。男と女やから、色気もって楽しく過ごさな、いかん〉

〈でしょっ!?〉

〈うん。色気もって楽しく過ごすには、夫婦を早う卒業して、無二の親友になったら、ええねん〉

恋と友情

断金《だんきん》の契《ちぎ》り、刎頸《ふんけい》の交《まじわ》り、という言葉がある。金属をも切断するほどの堅い友情、首をはねられてもその友のためなら悔いないというような友情、などと、辞書には書かれてある。古い中国の言葉だから、もちろん男同士の友情だろう。女に友情など、あるはずない、そんな〈社会性〉は女にはない――というのが、古往今来、中国・日本を問わず、男たちの信じて疑わない偏見である。

しかし友情、というものは、心情の分野で、社会性と関係がない。自我と個性をもつ女は、やはりそういうタイプの同性の中から、敬愛、信頼に価する友人を発見するであろう。

――と、まあこれは現代の常識。

尤《もっと》も古い昔でも、女同士に友情があることを早くに主張したのは紫式部である。

『源氏物語』では、はじめは対立していた紫の上と明石《あかし》の上は、小さい姫君を仲立ちに、次第に宥和《ゆうわ》し、友情を結ぶ。

また、源氏の古くからの妻の一人、花散里の素直なやさしみを紫の上は感知し、よい友となる。

だいたい、紫式部は少女時代から女同士の友情を信じていたようだ。『小倉百人一首』に採《と》られている、

「めぐりあひて見しやそれとも分かぬまに　雲がくれにし夜半の月影」

は、『新古今集』によればその詞書《ことばがき》に、

「早くよりわらは友だちに侍《はべ》りける人の、年ごろ経てゆきあひたる、ほのかにて、七月《ふみ》十日《つき》のころ、月にきほひて帰り侍《はべ》りければ」

とある。幼な馴染《なじ》みだった友達と、久しぶりに逢《あ》えた。（これは友人の父が遠国へ赴任していたためであろう。当時の官吏は一家・郎党あげて引き連れ、赴任する）しかし都へ帰ったばかりの友人は、またもや次なる父の赴任地へ伴われてゆく。……ほんのつかのまの再会。月が雲にかくれるように、あなたはもう、いっちゃうのね、という歌である。

現実の紫式部は、こんな幼な馴染みのほかにも、中宮彰子に仕えているあいだ、朋《ほう》輩《ばい》の誰かれと友情を楽しんだようだ。ただ清少納言は朋輩ではない上に、プロフェッショナル・ジェラシイから、紫式部は彼女のことをボロクソに罵《のの》しっている。(千年のちの私たちが読むと、作家の内面がうかがえて、大いに興をそそられる個所だが)紫式部には男性の友人はいなかったらしい。夫に死に別れてから、恋人はいたようだが。

一方、清少納言の面白いところは、男友達を持って、友情を楽しんでいる。それも藤原行成《ゆきなり》や斉信《ただのぶ》といった錚々《そうそう》たる当代の才子たちである。彼女の機智と学殖は充分、彼らと拮抗《きっこう》する。男たちに一目《いちもく》おかれるのが無上の楽しみ、というわけ、男たちも、これが同性同士なら、言い負かされ、してやられては複雑な気分になるところ、女性にやりこめられるのは、むしろ痛快である。そういう存在は珍重に価する、というところだろう。ゲーム感覚とはいえ、異性間の友情も存在し得ると清少納言は証言してくれたわけである。

そういう清少納言にしてみれば、恋人よりも、才子と渡り合うほうがずっと面白いのは当然だろう。だから『枕草子』に寸描されている彼女の恋人のたたずまいはまことにがさつで、清少納言の軽侮を誘っている。そっと秘めやかに来ればいいものを、簾《れん》をがさがさと鳴らして入ってくるやら、夜あけに帰るときは、何がない、かにがない、といって枕辺を叩《たた》きあるいてあわてふためくやら……とさんざんである。

恋人より、才気を誇り合う男友達のほうが面白い、というのは、しかし、女性の本然からいえば、特殊であろう。たいていの女は、和泉《いずみ》式部風になるのではなかろうか。和泉式部は恋だけで人生はもうイッパイ、というところ。

男を友達に持つひまもなく、恋人に仕立ててしまう。同性の友人など、目にも入らない。

女同士の友情は水みたいなもので、豊醇《ほうじゅん》な酒のような男とくらべれば、話にならない、というところだろうか。

近代になって女の友情を考察したのは吉屋信子である。信子は、そのタイトルも『女の友情』という小説を書き、それはベストセラーになって、女性読者の心を揺り動かした。タイトルだけでも、昭和初期の日本ではショッキングだった。女にも友情があるのかという発見。

頑迷な家族制度の中で苦しむ女たちは、女同士の連帯をうたいあげるこの作品に、目がさめる思いを味わう。しかし女たちがほんとうに、〈女の友情〉をたのしむには、やっぱり終戦後の思想改造をまたなくてはいけなかった。

そして現在。

女性に職場は解放され、社会進出が果され、女の友人、男の友人、などという区別さえ、取り払われてしまった観がある。(私の場合は、飲み友達、というのが多いから、なおのこと、両性入りまじっての友人である)

女同士の友情、男との友情、区別もなにもない。それに現代人は、用向きによって、自分のさまざまな相《すがた》を取っかえ、引っかえ、出す。ゴルフ友達、飲み仲間、仕事関係、同窓の友、趣味仲間。どれもソコソコにつきあう。全方位外交の友情となった。

断金の契り、刎頸の交り、という、ぬきさしならぬ仲は、持ち重りして、誰も手に触れたがらず、

〈そういうものがあることは知っていますが……〉

とか、

〈は、いや、聞いたことがあります。え？　字は書けません、辞書を見ればわかりますけど〉

〈いや、意味もおぼろに。——しかし日常とは縁遠いですな〉と骨董品《こっとうひん》扱いされてしまう。堅い〈友情〉は、仁侠《にんきょう》映画の〈義理〉と同じく、〈あることは聞いていますが……〉というような隅っこに押しやられてしまった。

友情は、男同士、女同士を問わず、現実から消滅した。人生のある部分だけの一瞬の共鳴、というものはあるが。

それは男と女が入りまじり、男と女の間に気さくな交遊関係が出来、一見、友情とまぎらわしくなっている現在の雑な人間関係の中で、ごく自然の推移であろう。

ところで私自身の場合、男にも女にも、本当に友情を感じたのは、はるか昔、同人雑誌を作って、皆と切磋《せっさ》琢磨《たくま》していたころだった。

みんな若くて、みんな独り者で、みんな小説が好きで、みんな小説がヘタだった。

大阪の労組が母胎となって文学学校というのが出来、生活記録など書かされていたが、そこを出てから自然にさまざまなグループに分れ、私たちの場合は、〈自由に好きなものを書こう〉ということになった。タイプ印刷なんかあったころで、皆の作品をあつめて本になると、赤提灯《あかぢょうちん》の店の隅っこで合評した。これは楽しいが、得てして酔ってくると酷評になる。

喧嘩《けんか》になりそうなところを、一人が、

〈しかし椎名《しいな》麟三《りんぞう》はええぞ〉

と割って入り『永遠なる序章』をちらつかせたりした。あるグループはどこやらの会館の一室を借りて埴谷雄高の読書会をやり、またあるグループは喫茶店の片隅でサルトルの研究をつつましくやっていた。

私はどこのグループへも顔出ししたが、籍は赤提灯の居酒屋グループにあり、男の子の小説をこてんぱんにやっつけ、私の作品もやっつけられた。

私一人は落語小説で、あとはみな、私小説であった。

彼ら彼女らの小説によって、私はみんなの家庭状況をすっかり、知悉《ちしつ》してしまった。

〈兄貴がついに、アカンらしい……〉

とぽつんという仲間の青年は、父のない家を母と共に支えてくれた兄貴が結核の末期だったのであり、暗い顔で、

〈お袋が妹連れて出ていきよった……〉

という男の子は、険悪な両親の仲を、彼の小説によって、私たちによく知られているのであった。我々は彼の小説を貶《けな》しながら、彼の境遇に同情していたわり、ある青

年は、

〈オマエなあ、それ、書け。書くことで救われるぞ〉

なんていい、〈おばはん！　酒や！〉などとどなっていた。

時代劇に出てくる飲み屋のごとく、椅子は細長い床机様《しょうぎよう》のもので、木綿の小さい座《ざ》蒲団《ぶとん》が並べてあるだけだった。私はしめ鯖や葱《ねぎ》と油揚のぬたあえなどを食べ、手酌で熱燗《あつかん》をついでは、〈理想の落語小説〉を語っていた。そうして、

〈小説は、究極のところ、落語やしィ……〉

と叫んでいた。外へ出ると寒くて寒くて、上六（上本町六丁目）電車通りは空っ風が吹きまくり、私は両横を男の子に釣りあげられるように挟んでもらって、

〈うわ、暖《ぬく》〉

なんていっていた。男の子が自分のかぶっていた毛糸編みの正ちゃん帽を私にかぶせてくれることもあった。みんないい奴だった。さっぱりした〈気良《きよ》し〉ばかりだった。いい友達だった。男の子との友情を、私はあの若い日に味わい尽くした気がする。なのに、そこから、恋は生まれなかった。これはどのグループもそうだった。彼らの私小説を読まされ、生活環境を熟知していたから、というのか、いろんなことに同

情したり、いたわったり、しすぎたから、というのか……。

友情のきわまりは、同胞愛《きょうだい》、になってしまうのだろうか。べつのサークルでただ一組、結婚まで漕《こ》ぎつけたのが居り、双方、いい書き手であったが、男の子のほうは会社がいそがしくて、文学志望は二の次、三の次になったらしい。

女の子は詩も書き、しゃれた感覚の美少女であったが、あるとき会うと、茄子《なす》の糠《ぬか》漬《づ》けについてくわしく講釈した。それは背の君がいたく茄子の漬物が好きだからであるそうな。……

あのころの男の子たちとの友情こそ、もう二度と私には持てないものである。

今回は郷愁をこめて、友情と恋についてのアフォリズム。

いたわりが恋に昇華しない如く、友情も恋に化学変化しない。

捨てる

ひところ、モノを捨てるノウハウの本が出て話題になったことがある。

なにさま、近年の経済効果でどの家にもモノが溢《あふ》れかえっている。新製品を買いたくてもすでに買ったものがぎっしりある。新しいのを欲しいと思えば、古いのは捨てるしか、ない。

そこへ、〈捨てる〉という技術と発想の開拓を示唆する本が出た。これは斬新《ざんしん》なアイデアであった。

世間ではいっせいに、

〈モノを捨てる〉

という新発見に浮かれていたころ、いちばんにがい顔をされたのは、史学界の学者の先生がただったように思う。

〈安易に捨てる、という現代の風潮は危険だ。家財のガラクタはどうでもいいが、公的私的の関係資料、末端瑣末《さまつ》の反故《ほご》にしろ、資料価値は現代の尺度で計りきれないものがある。〝捨てる〟のは文化的営為ではない〉

というご意見もあったように思う。これも尤《もっと》もなことであった。

そういう関係はさておき、以後、若い人々は〈捨てる〉ことに抵抗がいっそうなくなったように思う。歯止めがきかなくなったというべきか。

この間も中年のイチブン氏が来て一驚していた。彼のいるマンションの、粗大ゴミ置場に、ある日、彼はとんでもないものをみつける。

黒革張りの美しいソファである。

〈どこも傷んでない。本革やがな。……ぼくトコに欲しい、思《おも》たが、何しろこれ以上、ウチも置き場ないよってな〉

と彼は昂奮《こうふん》さめやらぬ面持。イチブン氏も中年なれば、ムカシ人間であるから、

〈まず、胸へきたのは〝勿体《もったい》ない、こんな高価《たか》いもんを……〟ということやった。お天道《てんと》サンのバチ、当らへんか、とほんまに思いましたデ〉

〈おやおや、お婆ちゃんくさい感慨やこと〉

とフィフティちゃん、これだって中年であるが。

しかし私も〈お天道サンのバチ当る〉という発想に同意する。モノにはモノの生命と使命がある。それとつき合い、完《まっと》うせしめてこそ、モノがこの世に生み出された責務が果されるのだ。それはまた、縁あって、そのモノと人生を同じくして歩んできたヒトにも、満足感をもたらすというものだろう。それをぞんざいに中途で打ち切り、ポイと捨てるというのは天を恐れざる仕打ちといってよい。昔風にいえば〈弊履《へいり》の如く〉というか。……

〈うわ。どんどん大げさになっていくのねえ。ムカシの言葉ってオーバーアクションですねえ〉

フィフティちゃんは自分だけ若いつもりでいる。そうして、

〈でも、どんどん新しいのを若い人は買うから、経済も活性化するんじゃありません？〉

〈しかし、勿体ないもんは勿体ない〉とイチブン氏。私と二人〈天を恐れざる仕打ち〉などというのは時代おくれだとフィフティちゃんに笑われてしまう。

しかし考えてみると、私も、ほんとに、モノを捨てない女だ。それなのに〈来《きた》るも

のは拒まず〉だから、せまい陋屋《ろうおく》に、どんどん、モノはたまってゆく。

私は小道具やうす汚れたぬいぐるみや本に埋もれ、僅《わず》かな空間の中に身を押しこんで、目ばかり出して書いている状態である。

どんな小さなモノ（ガラスの水差しやら、白磁の筆立やら紫水晶の八角錐《すい》やら）にも、一つ一つの歴史と思い出があり、手馴《てな》れのなつかしいもの、捨てるに捨てられない。

机上に何も置かない、とか、パソコン一台あればという人もいる。ホコリがつくから、高価な飾り物、愛玩品《あいがんひん》、コレクションのたぐいはみな大きい戸棚へ蔵《しま》っておく、という人もいて、世の中はさまざまである。しかし、蔵っておいては、日常、目にできない、手で触れない。私は、よごれてもホコリがついても、いつも触ってひねくりまわし、愛玩したいほうなので雑然と机上に並べているのである。だから、それらはいつまでもある。

阪神・淡路大震災でいくつかは壊れ、また、ウチへ遊びにくる縁辺の子らが、いかにも欲しそうに見るものがあった。躾《しつけ》がいいのか、頂戴《ちょうだい》とはいわなかったが、欲しそうなさまが愛らしかったので、やったこともある。私は、それらの品に、〈かわいがってもらうのよ〉といって送り出した。もちろん、その子は大喜びだったけれど、私は、私の所有物が誰かに欲しがられているというだけで、もう、その気になってしまうときがある。

これも〈捨てる〉ことの一つの変型かもしれない。それが在ったときの私の人生と、ないときの人生は、また違ってくる。そこで、私の、フト考えたアフォリズム。

ものを一つ捨てるのは、人生を一つ、捨てることである。

『源氏物語』で、紫の上を死なせたあとの源氏は、そのかみの紫の上の手紙を破り、焼いてしまう。紫の上を失ってもはや生きる望みも断たれた源氏は出家して、新しい人生に入ろうとする。思い出を捨てたことは今までの人生を捨てたことである。

それで思い出したが、坂本龍馬《りょうま》が暗殺されたのち、愛人のおりょうは、龍馬の姉、乙女を頼って土佐《とさ》へゆき、更に、土佐の郷士に嫁いでいる妹の婚家先に身を寄せた。しかしそこでも居辛《いづら》かったのであろう。やはり江戸しか自分の生きられるところはないと、決心して江戸へ発《た》つ。その前の晩、龍馬からもらったたくさんの手紙を、ひとり川原で焼き捨てたそうである。

土佐びとはいまもその話をして口悔《くや》しがる。龍馬の恋文なら、どんなにか面白いものであったろうに、と、彼岸の空へたちのぼった煙をいまも惜しむ。

しかしおりょうにとっては、龍馬の恋文を捨てることは、今までの人生を捨てることと、源氏と同様に、新しい人生を手に入れるためには捨てなければならぬ旧《ふる》い人生だったのであろう。

そしてまた捨てる時期、というものも、ある。

いまでなければ、という、〈捨てどき〉というものもあるだろう。私も、なんということなく、そういう時期に遭遇したことがある。

私の持ちものなど、ひとさまからご覧になれば、なんの値打ちもないものだろうが、それでも精神的波長があうのか、

〈あっこれ、いいわね〉

という友人がいる。たまたまその友人によろこびごとがあり、私は思いついて、かねて彼女の執着していたものをお祝いに献呈した。瑪瑙《めのう》の兎である。彼女は大いに喜び、兎もうれしがり、私も満足だった。これは捨てるに時宜《じぎ》よろしきを得た、という

ことであろう。

長い人生、できればこういう時宜に適《かな》った捨てかたができれば、上々である。そこでアフォリズムその二。

一つずつ捨てるところに人生の妙味がある。捨てる時期にも妙味というものがある。

〈へーえ、じゃ、目星をつけて申しこんでおけば、いつかは、ということですね〉

フィフティちゃんはその目星も、一つ二つではなさそうであった。

〈どれか一つでいいですから、そのうち、風の吹きまわしで、〃妙味〃がまわってきますように。あたしの欲しがってるもの、ごく、ささやかです。黒真珠のリングとか、青いガラスのボンボン入れとか……〉

〈私が、捨てるというコトバで思いつくのは、ですね。……〉

私は、フィフティちゃんの言葉が聞えないふりをして言い重ねた。

〈それはもう、小説を書くときですよ。プロットやアイデアをいくつも考えるわね、

そこから一つずつ、捨てていく……〉

枝葉を切り落し、切り落し、しているうちに、小説は、はじめの意図とは似ても似つかぬものに変貌《へんぼう》してしまう。

これはいけないと、また組立てなおす。このアイデアだけはどうしても使いたい、といつまでも捨てずに残しておいたもの、それを使おうと、必死で、ああでもない、こうでもない、と考える。

そしてそれに固執し、何が何でもと意地になってこだわっているとき、どうしても解決の曙光《しょこう》はみえない。

どうやってみても不自然になってしまい、混沌《こんとん》として収拾つかなくなる。

ついにそのアイデアを捨てる。何百年もの昔からいうではないか、

〈身を捨ててこそ浮かぶ瀬もあれ〉

捨てて、もとの木阿弥《もくあみ》になってしまうと、あーらふしぎ、という感じで、アイデアが湧然《ゆうぜん》とわいて出る。勇んで組立て始めるが、今度はスラスラと筆が走りすぎ、読み返してみると、どこかで何度も読んだようなお話になっていました、ということになる。――これもダメ、と捨てたところが、フト浮かぶ情景あり。

やみくもに書き出して、これがうまく当って、ということも多い。〈捨てる神あれば拾う神あり〉……

してみると、人生は〈捨てる〉ことにより、形を成しているのかもしれない。少なくとも人生で、

〈捨てる〉

ということは大きい意味をもつ。捨てたそれのない生活に堪えつつ、馴れてゆかねばならない。そこでまた一つ。

人生の喪失感、というのは、味のあるものなのだ。

〈いや、ぼくは何ンやがっくりきて〉というのはイチブン氏。〈れいのシロモノ、二日後にはもう、ありませんでした。ゴミのトラックに積まれてどこかへいったそうです。この喪失感は深いです。人間はなんのために生きとるのやろ、ソファ一つ、よう救えんと、——と思ってしまいました〉

〈味のある感懐じゃありませんか〉

〈喪失感を薄めるには、これしか、ありませんな。――失礼します〉
とイチブン氏は腕をのばしてウイスキーの壜《びん》をとりあげた。

おっさんとおばはん

私はひとところ、

〈おっさんとおばはんになり生きやすし〉

というフレーズを作り、求められた色紙や記念の和綴《わとじ》の帳面に書いていた。――そのような帳面は前ページをみると、ローマ字のサインに添えて、英語の単語があったりする。愛、とか、平和、とか。前の講演者のそれであろう。それに比べると、右の私の、川柳まがいの句はいかにもダサく、しかも説明不足で、人を面食らわせるかもしれぬ。

〈おっさんとおばはん〉より、〈オジサンとオバサン〉にすれば、という声も出るかもしれないが、私の思うところ、共通語っぽいオジサン・オバサンでは感じが若すぎる。

現在《いま》の私から見れば、すでにもう、オジサン・オバサンですら、若い世代である。私はもはや、〈おっさん・おばはん〉世代に入った。この大阪弁は、年齢を意味するというより、精神風景の世界を示唆する。

そこで今日は、老いをめぐってのアフォリズム。

前にも〈老い〉について考察したが、私は老いてゆく現在《いま》が、わりに好きだ。

私はファウストおじさんではないからして、いくらメフィストフェレスに誘惑されようが、

〈いや、いまのままで結構です〉

と、ことわってしまうだろう。アホやな、とメフィストさんは嘲笑《ちょうしょう》するに違いない。

私は、

〈アホちゃいまんねん、パーでんねん〉と逃げてしまう。

何となれば、老いてこそ、生きやすい、という嬉《うれ》しさがある。

なぜ生きやすいか。私は前に、こんな感懐をつくった。

〈老いぬればメッキも剝《は》げて生きやすし〉

メッキが剝げてはならぬ、と思うのは、まだ雄心勃々《ゆうしんぼつぼつ》たるオジサン・オバサンたち

である。されば、今回は、おっさん・おばはんに対する、オジサン・オバサンの考察、ということもできる。

オジサン・オバサン世代は、まだ壮年時代の夢を引きずっている。つまり見栄っ張りの殻が尻尾《しっぽ》にくっついている。実物以上に自分をよく見せようと策を弄《ろう》し、さまざまに粉飾し、自己宣伝も開陳する。気ぜわしい人生だが、本人は気ぜわしい、とは思っていない。

かくて中身の足らぬ所は糊塗《こと》され、パテで埋められてゆく。その上に塗られるペンキ。

見てくれはいいが、それを維持させようとすれば、年中、メンテナンスとの戦いである。

あるいはホテルの一つの営業政策として絶えずリニューアルしているが、そのように、いつも清新な印象を与えるため、努力を怠ることができない。

これをいいかえれば、〈人は、わが身を粉飾し、そのメンテナンスに生涯を費す種族である〉ということもできる。

そして、オジサン・オバサン世代は、まだそれが面倒でない世代、むしろ、それが、

〈生きる喜び〉

というような世代になっているのである。

(むろん、若者からみれば、オジサン・オバサン世代も、おっさん・おばはん世代もあるか、〈要するに、みな老人じゃっ〉と思うであろうが、さにあらず。一律に老人世代でひっくくれないのである)

オジサン・オバサンらには、身を飾る気持(目にみえるファッションや化粧のことではない)が躍動している。

これが、おっさん・おばはんになり、

〈メッキが剝げたほうが楽じゃっ〉

と居直れば、どうなるか。粉飾も作為も面倒なり、やりたいことをやり、いいたいことをいうて、何がいかんねん、と居直ってしまう。

するとと世間では、かえって、

〈その、メッキの剝げ具合に味がある〉

などと珍重してしまったり、する。そうなると、今までは世の中の流れに合わせていたのもやめて、物の考えかた、ネーミング、社会現象のさまざまにまで、大っぴらに〈いちゃもん〉をつけて憚《はばか》らない。

今日び、新聞の投稿欄に、七十歳代、八十歳代の老男老女投稿者がふえたように思うのは、私だけの僻目《ひがめ》であろうか。これが、孫に感謝するとか、曾孫《ひまご》がふえてうれしい、というような他愛ないのもあるが、時に赤唐辛子のように辛辣《しんらつ》なのもあって、〈メッキの剝げた人生的快楽〉を味わっているなあ、とつくづく思わされる。

手近なところで対比してみる。これはアフォリズムというより、人生報告である。

オバサンはすでに〈スニーカー〉という世代である。おばはんは、〈運動靴〉といって憚らない。オジサンは〈全天候型ドーム〉と呼ぶが、おっさんは〈雨天《うてん》体操場〉という。

オジサンはジョギングに命を賭《か》ける人、ゴルフに身を張る人、とりどりに、すべてまじめにうちこむ。ダンスに夢中、という人もいる。太極拳《たいきょくけん》と漢方薬に身命を賭《と》し、毎年の年賀状に凝る人もいる。

オバサンは教養こそいのち、と思う。何某先生について萬葉散策を試み、スニーカーを履いて山の辺の道など探り、甘樫《あまかし》の岡にのぼって、『萬葉集』を朗読したり、〈『源氏物語』を原文で読む会〉をもう何年も続けたりする。あるいは東南アジア留学生支援のための音楽会を開いてボランティア運動に精出し、老人ホームへいっておむつをたたむ。その一方、パーティ好きで、ダンスに励む。水泳教室へ通い、顔の皮を一枚剝《む》くエステや、下腹の贅肉《ぜいにく》を取る手術の情報にくわしい。

これらのオジサン・オバサンらを見て、おっさん・おばはんは何というか。

オジサン・オバサン世代は、まだ、「ねばならぬ」に捉《とら》われている世代である。

と憫笑《びんしょう》する。

見よ、体力作りに励まねばならぬ、漢方薬でなければならぬ、年賀状は出さねばならぬ、ジョギングをして足腰を鍛えねばならぬ、古典の教養を積まねばならぬ、下腹はへっこんでいなければならぬ、ボランティアは社会人の義務であらねばならぬ……。

みい。

〈ねばならぬ〉の羅列《られつ》の人生やないか。

粉飾人生とは、このこっちゃ、と、おっさん・おばはんは嗤《わら》う。

いまや、おっさん・おばはんは、あらゆる桎梏《しっこく》から放たれたと思う。

思うが、うれしくはない。

単に、只今《ただいま》のところ、〈生きやすく〉なっているだけだ、と思う。もうすぐに（それはいつかわからぬが）確実にくる、死にやすい年代に向っている。しかしそれまでが〈生きやすければよい〉と思う。

おっさんらは、ダンスパーティの代りに、町の場末の居酒屋に集う。そこには、一皿同じ値段で、トマトや煮ぬき卵、竹輪の切ったの、しめ鯖《さば》などが、ガラス戸棚に並んでいる。

指でさして取ってもらい、更に、ぐつぐつ煮えているおでん鍋《なべ》の中から、すじ肉、厚揚、蛸《たこ》、牛蒡《ごぼ》天《てん》などを指して、皿に盛ってもらう。焼酎《しょうちゅう》の湯割りなんぞ飲みつつ、同じような年輩者と時世を慨嘆する。

〈このごろ、祝日や、連休や、いうたかてちっともピンとけえへん〉

〈そやわ、紀元節、天長節、なんていうほうが、季節感あって、ええのにねえ〉

と、これは、おばはん。このごろはおばはん世代も充分、若々しい。昔の〈老婆〉

の面影は今や、たいていのおばはんにはない。喜寿といえどもシミもシワも少なく、肌はツヤツヤし、ルージュなど塗りたてている。これは、近頃、キスしても落ちないと広告している口紅である。

おばはんは一人住まいであるゆえ、毎晩この居酒屋へ通って、同世代のおっさんと交歓し、晩ごはんもすます。

〈うん、二月の紀元節、四月の天長節、十一月の明治節、正月の四方拝《しほうはい》、これが四大節や。昔は小学唱歌の歌もよかった、〽菜の花畠《ばたけ》に入日薄れ……やら、〽村の鎮守の神様の……やら〉

この手合いは、昭和戦前の小学校出身であるゆえ、国定教科書の、「サイタサイタ、サクラガサイタ」「コイコイ、シロコイ」で育った世代である。

しかし、戦地へはやられていない。兵役の年齢には達しなかった、という微妙なところだが、結構、苦労はしている。学生の工場動員、飢餓、空襲、満目焦土の都会。長い歴史を見て来て、

〈こうであらねばならぬ〉

で必死に生きて、日本を復興した。しかし、いまの子らを見るに、

〈学力落ちとるわ、礼儀知らんわ、公的秩序の観念ないわ、善悪の判断、倫理観ないわ……目もあてられへん〉とおっさん。

別のおっさん、〈大《お》ッけな声でいえんけど、昔の「教育勅語」はビシッとしとったデ。父母ニ孝ニ、兄弟《けいてい》ニ友《ゆう》ニ……〉

〈おお、夫婦相和シ、朋友《ほうゆう》相信ジ……〉

とすぐつづけるのは、昔、暗誦《あんしょう》させられたから。

〈兄弟仲よう、友人も夫婦もみな仲ようせい、そんで勉強して知識を身につけて仕事を習うて独立して、人格を磨いて世の中のため尽くせ。——ええこと、いうたはる。子育ての理念やないか、どこがいかんねん〉

おっさんらは鬱懐《うつかい》を吐露《とろ》する。

〈勅語、いうのが、ダサくきこえるんやろうねえ。博物館いきやと思われてるんとちがう?〉

〈ほな、ワシらも、博物館の遺品か〉

あはあはと笑って、いよいよ宴はつづく。

オジサン・オバサンは節酒禁酒をめざすが、おっさん・おばはんらは、おのずとそうなってしまう。人生の戦線を縮小する意志をもつ世代に対し、水の低きにつくが如く、または花のおのずとしぼめる如く、品よくおとろえてゆくのが、メッキの剝《は》げた世代である。

三々五々、ねぐらめざして別れるおっさん・おばはんらの後ろ姿は生きやすげなのである。

ヒトと暮らす

私は元来、結婚は、してもしなくてもいい、と思っている。ひと昔前のように、国民皆《かい》結婚、という社会の思潮がそもそもおかしい。そしてその規約からはずれた（あるいは、はずれることをやむなくされる境遇に置かれた）人を、さながら人生的欠陥者であるように貶《おと》しめる風潮に反撥《はんぱつ》を感じていた。いた――というのは、最近はややにその弊風あらたまり、恣《し》意的シングル志向が市民権を得たから。

ただ、それはそれとして、男と女が共棲《ともず》みしたとき、これは両方に、実にさまざまな感懐を強いるものである。

それも、同棲《どうせい》するのと、結婚するのとではまた、微妙に違うだろう。近頃は同棲しても敢《あえ》て入籍せず、しかし社会的単位では夫婦、として世の中を押し渡っている人々もいるからまぎらわしい。ここでは、籍をいじるか、いじらないかは棚上げして、一応は社会的に一組の夫婦として申請受理されたカップルについて考えることにする。

まず、悪夫・悪妻、というのから考えてみたい。

私にいわせると、DV男や、ギャンブル好き、浮気癖、酒乱、などは、これは一応、圏外である。誰が見ても〈困りもの〉という男はさておき——。

ワルイことをしないのに、存在するだけで妻にとってワルイ夫とは、

悪夫とは、妻にホトケごころを出させる男をいう。

女房をひたすら頼りにしている男。あたしがいなけりゃ、このひと、どうするんだろう、見てくれも平凡、働き、ったって、そんなに大した腕があるわけじゃなし、あたまだってごく普通の出来合いアタマ。自分でもそれ、わかっていて、何かというと、あたしの意見を聞き、人にはあたしの口うつしを得々としゃべったりしてるけど、これが自分では無意識のところが可愛いのね……。

シマッタ、可愛い、なんて言葉を思わず使ってしまった、これが出るといけない。始末に悪いのよね。ああ、もう、しょうがない、やっぱりこの人のために、〈面倒見

たらんならん〉――面倒見てやらなきゃいけない、なんていう気を女に起させてしまう。

女にホトケごころは禁物である。相手にとって悪い、というより、女自身、ホトケごころのために身を磨り減《す》らし、自滅してしまう。自分の希求していた人生、あれもこれも、ホトケごころでついつい尽くしたばっかりに、空しい夢、と消えてしまった。

ふと気がつけばもう人生の先はみじかい。

その報酬は、といえば、臨終《いまわ》のきわに男に、〈オカーチャン、おおきに。おおきに、やで〉なんてお礼いわれるのが関の山。野心ある女は、ホトケごころの出そうな男には近づくべからず、である。他日、何か為《な》すあらんことを期す女にとっては、〈可愛い男〉は悪夫である。

では、男からみて悪妻とは何だろう。

悪妻とは〈信条〉をもつ女である。

昔、弱いもの、といえばきまり文句に、〈平家・海軍・国際派〉――というのがあった。

都ふうの軟弱文化《ぶり》に染まった平家は、東国のあらえびす、源氏ざむらいの剽悍《ひょうかん》には勝てず、開明的で融通の利く海軍は頑迷固陋《ころう》の陸軍に勝てず、包容性に富み、国際親和を旨とする国際派は排他的で姦佞《かんねい》邪智の国粋派に敗れてしまう、というのである。

それをもじって、昔、私はあるところに、〈当世強いものは〉を書いたことがある。

〈主婦・エイズ・阿呆《あほう》〉

というのである。

主婦は強し。母はなお強し。主婦はもう、いまや源氏・陸軍・国粋派を凌《しの》ぐ。エイズはどうかな。医学の進歩により、多少は抑制できたかもしれないが、これを服《の》めばイッパツで効く、という特効薬はまだ発見されないようである。やっぱりまだ、強者であろう。

阿呆は、学歴や出自、資産、職業に関係なく、どんな階層にもいる、自分の現在地点の分らぬ手合いのこと。指図したがり、仕切りたがり、非難、追及、糾弾したがる。この輩《てあい》は浮世に恣意的な波風を立たせるだけで、ちっとも人の世の発展宥和《ゆうわ》に寄与しない。そのくせ浮世では強者である。というのは、

〈ワシはまちごうたこと、いうとらん〉

という〈信条〉があるから。

私は信条や信念は持ってもいい、と思う。（持つべきかどうか、という議論はここでは措《お》く）

あれば渡世の目安になるし、他の人との〈信条〉のぶつかり合いをたのしめる。

〈信条〉と〈信条〉が交錯して光耀《こうよう》を放つのも人生の面白さであろう。

ただしかし〈信条〉は人に押しつけるものではない。

それを、だ。妻の中には夫に〈信条〉を押しつける人がいる。そこでは〈信条〉というコトバではなく、〈絶対〉というコトバが使われる。

〈絶対、こうすべきよ、あなた〉

〈絶対、それだけはしちゃ、ダメ〉

夫は、はじめは従う。〈阿呆〉のおっさんではないが、まあ〈まちごうたことはいうとらん〉と思えたし……。

しかし人生は長い。

夫が見る社会、妻の見る社会、微妙に空気が違う。感触が違えば結論も違う。

年経て、妻の〈絶対〉が正しいといいきれぬ時がくる。見解がくい違い、そういうとき〈それもそうね〉という反応が、精神構造上、どのボタンを押しても出てこぬ、という妻もいる。（このほうが多い）

まあ〈信条〉に関係なく、絶対に〈ごめんなさい〉といえない妻もいる。これは性格というより、生育歴の問題ではないかと思われる。お母さんがお父さんにそういうのを見たことのない人なのだろう。

長い年月、それが積り積って、男は自分が妻の〈信条〉の〈被害者〉だという感を抱かされる。そのことにつき、心懐の一端を洩《も》らすと、これが〈議論〉の引き金になる。悪妻は議論好きである。夫の被害妄想を払わんとしゃべりまくる。

ここで、第三のアフォリズムとしては、

議論してまで〈夫婦〉をやってることはない。——と思う男もいる。

男は家へ帰ってまで、議論をしたくないと思う。しかし妻の唯一の論敵は夫であるから議論を吹っかけたくてたまらない。

説得したいという情熱は、〈信条〉からきている。異同があればマチガイを正すべきと思う。べきはつまり、〈信条〉そのものである。

こまったことにたちいたった。

もう、ここまでくれば、どうしようもない。

男は、看破してしまったのだ。

妻が、

〈べき〉のお化け、〈信条〉のお化けであることに気付いてしまった。本当はかなり前から気付いていたのであろうが、わざと気付かぬふうに、自分自身にもそう思わせ、言い聞かせていたのであろう。

そうなったとき、どうするか。

ここから先は、小説家の想像であるが、（今まででもそうだが）私は、「結婚は外交」の章で、

「家庭円満のコツは〝見て見ぬフリ〟に尽きる」

と紹介したことがある。これはコツというもので、〈アフォリズム〉の範疇《はんちゅう》に入る

ほどのモノとは思えない。ホームドラマにもホームドラマのコツがあり、脚本家はテレビ視聴者のために、おのずとこんなコツをたくさん持っていられて、面白いドラマを作成されるのだと思う。

しかし、妻が〈べき〉のお化け、〈信条〉のお化けであると気付いたとき、男はどうすればよいか。

オマエは〈べき〉のお化けだから、別れたい、というのは離婚理由にならないだろう、と小説家は空想する。抽象的すぎて、社会の仕組みに馴染《なじ》まない。また、男も、既成のかたちを今更、ぶっこわすのも〈大儀〉だ。

この〈大儀〉というのは、あらゆる感情を左右する大きな理念である。

――で、こういうのであれば、夫婦の関係についての、アフォリズムになるだろうか。

夫婦の間では、〈われにかえる〉ということは、見合わせたほうがよい。

フト、われにかえってみれば、

（ワシ、何しとんねん）

と思ってしまう。

われにかえる、というのは怖ろしいことである。すべてを浄玻璃《じょうはり》の鏡に映してみれば、（何だ、こりゃ……）ということになる。

小説家としての忠告は、

（われにかえっては、ヒトと暮らしていけない）

ということになる。

見て見ぬフリ、どころではないのだ。

ホントのことを直視しない、というどころではない、いっそのこと、あらまほしいイメージを思いえがき、〈夢見心地〉で生きるほうがいい。

（そういうことのできる能力が与えられていれば……であるが）

そして一瞬、〈われにかえった〉としても、しばらくすると、また忘れてしまえるのがいい。腓返《こむらがえ》りのようなものだ。一時的な筋肉の痙攣《けいれん》——精神的な——と思えばいい。

今回はずいぶん独断的アフォリズムだったので、私一人の独り言である。いつもの連中に披露したりすると、喧々囂々《けんけんごうごう》のさわぎになってしまうだろう。〈ぼくだって、いつも〝われにかえって〟ますよ。べつに目新しくありません〉とイチブン氏は反駁《はんばく》するかもしれず、〈悪妻と自覚してる確信犯は、悪妻じゃないかもしれない〉とフィフティちゃんは同性を弁護する――かもしれない。
そこでラストのアフォリズム。

悪妻を自認するのは一番始末に悪い悪妻である。
さまざまな悪徳の上に、居直りという悪癖も加わっている。

オトナ度

夫婦でいるかぎり、夫婦仲よく、幸福でありたいと思わぬ夫婦はないだろう。ケンカしようとて、夫と妻になったのではないから。

それでは、夫婦の幸福、というのはどういうものだろうか。

この、〈幸福〉というコトバからして吟味しないといけないのだが、元来が昔からある言葉ではないので、古くからある形態の〈夫婦〉とは馴染まない。

――幸福という語の、うさんくささは、土俗的な大阪弁には、それに相当するのがないことを見てもわかる。昔(正確にいえば昭和四十一年だった)、加山雄三が歌った「君といつまでも」という歌の、中に挟まれるセリフ、

「幸せだなァ……

僕は君といる時が一番幸せなんだ

僕は死ぬまで君を離さないぞ
いいだろ……」（作詞・岩谷時子）

歌はともかく、右のセリフは、その当時から大阪者《もん》には抵抗があって、どんな店へいっても、酔客の多くはセリフを飛ばすか、勝手に変えていた。何と改竄《かいざん》したか。

〈ワイは、エエ調子やなァ〉

なんていうのだ。

幸せ、（大阪弁では、しやわせと発音する）なんてコトバは口語ではなく、〃書物《ほん》に書いたァる〃文語であるから、日常座臥《ざが》や酒間の席で用いるには不適当という判断を下《くだ》したものらしい。

幸せに相当するコトバとしては、〈エエ調子〉とか、〈按配《あんばい》よう、いってる〉とか、〈あんじょう、やってる〉というようなものであろう。大阪弁は大体に於《お》いて、物事を朧化《ろうか》する気味があり、（なくなったといえばよいものを、〃ないようになった〃といったりする）〈エエ調子〉も〈按配よう〉も〈あんじょう〉（この語は味良《あじよ》うから出ているという）も的確な説明といいがたい。

しかし何となく、天地万物の運行がなだらかに円滑に、あるべきさまで営まれてい

る、という暗示を受ける。而《しこ》うしてそのことに深い充足感、満足感を持っている、というのが、

〈ワイは、エエ調子やなァ〉

というセリフになるのであろう。ついでに大阪モンに続けさせると、

〈ワイはオマエといてる時がいちばん、エエ調子やねン。ワイはいてもうても、、、、、オマエ離さへんデ。かめへんやろ〉

ということになる。

夫婦が〈いてまう〉（死ぬ）までエエ調子で、または按配よう、あんじょうやっていくには、どうあればよいであろうか。私の発見したアフォリズムは、

うまくいってる夫婦とは、お互いに〈話しかけやすい〉人柄であるところに特徴がある。

というもの。

人間には二つのタイプがある。

一つはとっつきにくい人、一つはとっつきやすい人、このとっつきやすい、という言葉は世間では余り使われず、もっぱら、

〈誰それさんは、とっつきにくてね……〉

と陰口でこぼされるように否定的用法が多い。世間でとっつきにくくても、夫婦の間でとっつきやすければいいのだが、夫婦になっても、話しかけにくい雰囲気の男や女はいるだろう。——社会的歴史からいえば男にそれは多い。そして社会的黙契として、男はぶすっとしていても、女が愛嬌《あいきょう》よく機宜《きぎ》に応じた取りまわしで男の心をやわらげ、不機嫌を上機嫌にしてしまう、そんな才覚を持つことを女は強いられる。日本の社会は従来、ずーっとそれだった。

こんなところで男女同権などというコトバは、それこそ〈文語〉であるから使いたくないが、女にばかりその役目を負わされるのは不公平であろう。

日本男は、今までの歴史からいっても、決して不愛想ではないはずで、それは江戸時代の小説類を見てもよくわかる。庶民の男たちはそれぞれの嬶《かかあ》あいてによくしゃべっている。明治時代の薩長《さっちょう》ザムライ風が、男に都合よくねじまげられて、日本の家庭の風通しをすっかり、悪くしてしまった。現代では男も女も、〈話しかけやすい〉人

柄、というのが望ましい。これはもう、むしろその人間の才能であろう。能弁である必要はないが、人がモノをいいたくなるような、柔和で安穏《あんのん》な雰囲気が、いつも、身のまわりをとりまいている男や女。

リッパなこともつまらないただごとも（こっちのほうが、人生ではずっと大切だ）何でも、〈ねえ、あんた〉あるいは、〈あのな、オマエな……〉と話しかけたくなる、こういう男や女が一生連れ添う相棒であれば、どんなに人生は靄々《あいあい》たる和気にみち、気安く、生き易いことであろう。

話しかけられやすくなるには、どうすればいいですか、どういう修業が要りますか、と問う人があるかもしれない。（何でも訊《たず》ねたがり、何でも問い合わせたがり、その答えをスグ欲しがり、しかも事物の即効性を期待するのが、現代人のクセである。自分の力でできる限り考える、ということは、はなから放棄している）

生まれつき、人が話しかけやすい、柔媚《じゅうび》な性質の人もいるが、自分で自覚して、そうあろうとつとめる人もいる。

そういう人々を観察して、考察した私の、〈エエ調子でいってる夫婦者〉の人生の秘訣《ひけつ》、アフォリズムとしては、人生には〈ナアナア〉ですます、ということが時として必要であるが、その〈ナアナア度〉が一致するのが仲のいい夫婦である。

〈ナアナア〉という言葉は悪い意味に使われることが多い。厳しく処理せず、適当なところで手を打って安易に妥協し、こっちの言い分も通させ、時には黒を白といいくるめて、内々でうやむやにしてしまう、というイメージがある。悪徳政治家や利権亡者のためにある言葉のようであるが、しかし夫と妻という人生のパートナーの間では、〈ナアナア〉は、一つの賢い規準であることが多い。

相手に落度があるとき、とことん追及して、ぐうの音《ね》も出ぬまでやりこめるタイプの人もいる。（自分は、そういう落度はない、今までもなかったし、これからもないという確信をもつ）

こういう人が、人生の伴走者であると、いたく、やりにくい。完璧《かんぺき》主義者というのは、性急で偏狭である。白・黒、勝ち負け、がはっきりするのを好む。

しかし人生は数学の試験ではないので、割り切れなかったり、なんとなくこうなっちゃった……ということも多い。人はよく、〈いや、べつに、そんなつもりは、元々、なかったんやけど、なッかこう、気ィついてみると、こうなってしまってた……〉ということもある。はじめから結果を見越していれば、ここへ駒を進めなかったのに……という後悔、あるいは反省の念がしきり、ということも間々、あるだろう。それを慰める、あるいは憮然《ぶぜん》としつつも、

〈ま、しゃーないやん〉

と片方が発想すれば、一件落着、になってめでたい。〈しゃーない〉発想は想像力から生まれる。その想像力は、愛と叡智《えいち》から生まれることが多い。

あたまの中身に、面子《メンツ》や自尊心や見栄、倨傲《きょごう》、などがいっぱい詰っていると、想像力が生まれる余地はない。スポンジ状のあたまはどうか分らないが、私は、人のあたまはマカロニタイプがいいと思う。まん中がスースーと抜けていて、時宜《じぎ》にかなってそこへ、愛や叡智がつめこまれ、そこからさまざまの想像力が生まれる。生まれるとどうなるか。

落度に対する考察がゆきとどく。〈また、この手のタイプの性格は、想像力ゆたか

で、想像をめぐらすのも好きだ〉

さまざま考えて、掌《たなごころ》を指すが如く、思いめぐらす。

そのとき、人の落度は、即、その本人の罪とならず、本人は罪の犠牲になった、という感触で捉《とら》えられる。

その結論が、

〈ま、しゃーないやん〉

である。

ぎゅうっととっちめないと気がすまない、という人は、そういう生まれつきだから、しょうがないが、人生の面白いところは、ある一瞬、ふと転機がおとずれることがある。

それは何ごころもない、他人のひとことであったり、読んだ本の一行であったりする。

〈私はそんなガラではない〉とか、〈ガラにもなく、こうしてしまった〉とか、世間の人は何気なく使う言葉だが、〈自分のガラ、って何だろう〉と考えたりする。（かもしれない。——少なくとも私はそう考えるのが好きだ〉

そして、〈自分のガラ〉が、相手の落度をゆるせないと思わせるのであり、落度と思われることをしでかすのが〈相手のガラ〉なのである、と思うと、これまた、〈ま、しゃーないやん〉

にならないだろうか。

それが〈ナアナア〉である。

以前、私は〈だましだまし、人生を保《も》ってゆく〉という言葉を考えた。しかしそれはかなり作為的であって、人生的腕力が要る。いわば壮年の人生心得である。中年・初老に達すれば、〈ナアナア〉のつきあいが望ましい。理路整然と決着をつける、というのは、世の中の仕組み上、必要な場合もあろうが夫婦という、最もむつかしい〈世の中〉にとっては、ナアナアの度合いが大事である。

ナアナアの度合いというのは、

〈オトナ度〉

である。

こんなことをいう私が、〈オトナ度〉は至って低いのだと、自分でわきまえている。

ホントのオトナなら、そんなコトバは、あたまに浮かばず、やりたいようにやり、いいたいことをいい、して、おのずと天然の理にかない、相棒に〈話しかけやすい〉人柄と思われ、相棒の落度もナアナアですまし、何があっても〈ま、しゃーないやん〉でやりすごすであろう。そして世間には何も知られぬけれど、この上なき〈エェ調子〉の夫婦として、地上の生を愉快に楽しみつくしてお浄土へ向うにちがいない。

気ごころ

私はこのごろ時々、講演をするようになったが、それは日本の古典をもっと皆に——というのは日本人自身に——知ってほしい、愛してほしい、と思うからである。なんでこう、日本人が古典ばなれしてしまったか、その原因は、終戦以来の歴史教育なり、国語教育の責任でもあるが、私としては若い人や子供たちに、今からでもおそくない、古典知識をもってほしい、と願う。面白がってほしいと願う。

それで私は子供向け（正確にいうと小学校高学年から中学生向け、という出版社の意向だが、本を読む子は小学校低学年でも読むし、高校生だって取っつきやすいだろう）に『小倉百人一首』を書いた。私の持論をいえば、「百人一首」を小学生の必修課目にして、小学校を卒業する頃にはもうみな、諳《そら》んじている、というふうにしてほしい。中学校を出る頃には歌の意味がわかり、高校を出る頃には作者の人生や経歴のあらましを知る、というようになってほしい。ついでにこれに、中世・江戸の文学史を加えれば、かなり日本という国の文化が体に馴染《なじ》んでくるはずである。いまの若い子の体内水分には、日本の国のエッセンスが何ほど、含まれているだろうか。

——こんなことをいうのも、近頃の若い子、いや、かなりの年輩層にいたるまで、交流してもどこかピンと来ないことがあるからだ。日本の故事来歴の知識を共有していないので、話がかみあわない。知っているのはパソコンやメールやと、機械のことばかりで、日本歴史に何ひとつ興味もなければ知識もない。通じ合うのは、使用する言語、日本語だけ、言葉を通じてわずかに意思の疎通は果せるけれども……という感じで、私はまるで、長いこと私自身が外国ぐらしをしている異邦人のような気がする。

〈長年、滞留のおかげで日本語はぺらぺらになりましたが、底の底までわかりあえませんなあ、なにしろ私はこの国では〝外国の方《かた》〟ですから……〉と、いいたくなる。

（私は先日、ある公共の場所で、〝外国の方は云々《うんぬん》〟という貼り紙を見た）

——われわれの年代は多くの人がこんな感じでいると思う。この物淋《ものさび》しさ、物足らなさは、何だろう、と考えて、ふと思いついたのは、〈気ごころ〉というコトバである。

そうだ、〈気ごころ〉が知れない日本人がふえているのだ。日本人同士で、気ごころが知れなくちゃ、仕方ない。

ところで私は、講演のテーマを〈日本の古典〉に限っているけれども、いまどき求められるのは、〈女性が元気の出る講演《はなし》〉とか、〈女性のこれからの心がまえ〉といったことが多い。私の任ではありませんので、――とおことわりすることにしているが、こういう即効性を求める発想が、日本中に瀰漫《びまん》しているのは、これも〈気ごころ〉に関係がある。私の本も、まだいくばくかは書店に出廻《でまわ》っているはずだし、ちょっとぐらいはそれらに触れて、

〈気ごころ〉

をわかってくれていれば、〈女性のこれからの心がまえ〉とか、〈女性が元気の出るハナシ〉なんて、求めてくるハズはないのだけどなあ、……と思ってしまう。私がそういう、現実的、建設的、能率的、奮起的の人間でないことは、私の書いたものを瞥見《べっけん》すれば、すぐ看破できるのに。

〈気ごころ〉を知ってもらえないと、こういうことになる。

ところで私は、夫婦というかたちを、別の言葉でいうと、

夫婦とは、気ごころの知れた関係である。

ということがいえる。（と、思っている）

〈気ごころ〉は、とても大切で、しかも摩訶《まか》不思議なものだ。浅いつきあいでも、すぐ〈気ごころ〉が知れるときもあるし、長い交りでも、（いまいち……）というところはあるだろう。

〈気ごころ〉が知れる、というのは、では、どういう場合をいうのだろう。多分、それは自分の理解圏内に相手が矢を飛ばしてくることだろう。

（こういうだろうと思ったら、やっぱりだった）

などと当方は安心する。それによって相手を安く踏んだりしない。かえって親和感を増す。

〈いや、それはこうじゃないか、だから、こうしたほうがいい〉

と思いの外の示唆を与えられても、

（ほんに、それは思いつかなかった）

と気付き、その〈思わざる矢〉の方向も、元来自分の許容範囲で、しかも自分が意識下的に望んでいたこと、自分の言い出すべかりしことであったと思うと、それは、はじめから自分の思惑と合致したことになり、いよいよ相手が好もしくなってくる。そういう時が度重なり、時間がそこへかけ合わされ、人生的歳月や夫婦の歴史として積み重なると、

〈気ごころの知れた夫、または妻〉

となるのであろう。

これこそめでたしめでたしの夫婦であるが、しかし世の中、たいてい時間をかければ何とか、こうなる。双方あゆみ寄り、出たところは叩《たた》いて平らにし、凹《くぼ》んだところには、パテをつめたり、紙粘土をこねてガムテープやボンドで貼りつけ、塗料を施して何とかごまかし、そのうちその補塡《ほてん》が本物になって、はじめからそうだったように同化してしまう。オトナのチエで、白を黒といいくるめてしまうことでもある。

気ごころとは、あゆみ寄りのチエの成果である。

ということもできる。

あゆみ寄れない、というのは、相手の矢の飛びかたが、自分の許容範囲を超えるからである。

まさか、というところへ、矢は飛んでくる。

（そう、くるか、うぬっ）

ということになる。

手に負えない。

そのとき、親善情誼《じょうぎ》、合歓和合のしるしであるはずの矢は、許容範囲を超えたというだけで、確執のたねになる。

（へーえ。そこへくるか、なんてまあ、思いがけない……）

と、関心と興味をかきたてられることはない。（かきたてられる人なら、前者のごとく、その思いがけなさに、かえって相手に関心と興味をもつが）

許容範囲を超える対応を、許せない人もある。それは男にも女にもある。しかし中には、

（そういう人なんだ……）

と敏《さと》く悟って、どこへ矢を射られてもいいように、心を武装する人もある。これも男にも女にもいる。

そういう人の連れ合いは、相手が折れて順応してくれているのも気付かず、自分が思うままにふるまっても相手に受け入れられたと思い、

（これでワシらも——あるいはアタシらも——気ごころ知れあった夫婦になった）

と安心し、満足している。

しかしそれは、片方が耐えているからである。

その忍耐がどうかした拍子にぷっつり折れる時がくる。

（気ごころ知れたはずだったのに、豹変《ひょうへん》した！）

と相手を罵《ののし》る人もいるが、それは〈気ごころ〉についての認識が足らぬほど、迂愚《うぐ》だったのである。

〈気ごころ〉と簡単にいうてはならぬ。〈気ごころ知る〉ということは、かなりの人生的叡知《えいち》がなくてはかなわない。人間の五官、感性を総動員して、感知しなければいけない。

鈍い人はセンサーが作動しないから、とんでもない方向へ矢を飛ばし、飛ばされた

人が狼狽《ろうばい》して、

（お、お、お、……そこへくるか）

と混乱しつつも、事態を、どうにか収拾しようと、心砕く。

その内部事情を、反射的にわからなければいけないのだが、その能力のない人は、

またつづけて、思わざる、許容範囲以外の方向へ矢を飛ばす。

（やれやれ、またか）

と、思いつつ、またもや連れ合いは調整に走り廻る。……もはや修復不能という断《だん》

崖《がい》に来て、〈離婚を〉ということになり、片方は、

（気ごころも知れあった、うまいこと、いってる夫婦と思っていたのに）

と、がっくり、くるのである。

〈気ごころ〉という言葉の、いかにも気安げな、日常茶飯的な、吹けば飛ぶようなかるがるしさに、まどわされてはいけない。

人間社会にとって〈気ごころ〉知れる、知れぬ、ということは重要で、特に夫婦にとっては大事である。

しかし一面〈気ごころ知れること〉はそれはそれで、重い部分もあるのだ。

お互い、気ごころ知れあった夫婦であってみれば、知れあわない夫婦のように、我を張ったり、奔放にふるまう、という所業も、すこし控えめになってしまう。忍耐はしないまでも、踏みこんだ場合の、相手の混乱、失望について想像できてしまう。

この、〈できてしまう〉ところに重要な点がある。

人は神や仏ではないから、自我《エゴ》も欲も持ち合わせているが、ちょっとだけ、神や仏に似ているのは、相手を愛していれば、そして相手の気ごころを知っていれば、（すこし、エゴや欲をひっこめる）

ということができる点である。

それは相手に対する想像力ともなる。愛あるとき、気ごころ知れた者に対するとき、人に想像力は生まれる。

そこで、こんなアフォリズムは、いかがであろう。

気ごころ知れるということは悲しい。相手に多くを要求してはいけないと悟るから——。

そやな

今までは夫婦という関係を、少し消極的・退嬰《たいえい》的・悲観的に見すぎた憾《うら》みがあるので、今回は、反対に、進取的・楽観的・建設的、かつ世の中に有用的に考えようと思う。

人間と世の中に対し、役立つことを考えなくちゃ。

人生を僻目《ひがめ》で見て、貶《けな》してばかりいるのは、オトナのとる態度ではないであろう。

——というのも、今夜は久しぶりにイチブン氏やフィフティちゃんがいるから。

しかし、ここでいうておきたいのは、実はここだけの話、私は世間知らずである。大人ではない。世の中に有用なことが考えられるだろうか。

私は大体が〈流されゆく人生〉であって、〈ひとつ、こうやってみようか〉とねじり鉢巻して、手に唾《つば》して勇み立つ、ということは絶えてない。必ずどこかネジがゆるんでいる。

何や知らんけど、いつのまにか、こうなった、——という人生であるから、建設的・有用な箴言《しんげん》はどうかな。

〈いや、夫婦というものはすべて〝流されゆく人生〟ですからな。〝背中押され人生〟というか〉とイチブン氏。〈そやから、それでエエのんとちゃいますか。夫婦で建設してて、どないなりまんねん〉

〈へーえ。だってまず、家庭を建設してるじゃないですか〉とフィフティちゃん。

〈いや、建設しとるのは女房《よめはん》やな。男は、株式会社〝家庭〟の係長クラスで小《ち》っこう・なってる〉とイチブン氏は重々しくいう。〈つまり、どっちへまわっても、男は使われとンねん。社長にも株主にもなられまへん〉

〈まあ、それはそれとして〉と私。

〈夫婦という関係で、これは人生に於《おい》て有益、という要素は何か、——というと、……〉

〈ハイッ〉と手をあげる気短かなイチブン氏。私の話の腰を折り、

〈〝忍耐〟、——〝忍〟の一字とちゃいますか。〝忍耐〟を勉強できます。そらァ職場

でも〝忍〟の一字で耐えることはあるけど、しかし〝家庭〟のほうが忍耐度はキツい。〝忍〟の一字を胸に刻む家庭生活。――せつなく、かなしい修業ですが、その代り、人間ができまっせ。建設的でっしゃろ〉

自慢することと違うやろ。いったい、イチブンめの家庭はどうなってるねん。独裁国の政治犯収容所ではあるまいし。

〈〝忍〟の一字なんか勉強できたって、つまらないじゃない。人間ができようができまいが、あたしは知ったこっちゃないわ、結婚って、人間ができるためにするんじゃないでしょ、幸福になるため、人生を楽しむためとちがう？〉

フィフティちゃんは、年こそ重ねたれ、まだ結婚の夢がさめやらぬようであった。

〈そうね、〝忍〟の一字もいいけれど、ホントは、そんな、ごつい信条なんか、要らんのとちゃうかなあ……〉

信念なき私は、いつもあやふやな語尾になる。

〈どんな人間を、できてる、できてない、というのか、よくわからないけど、夫婦ってエエなあ、と思うのは、どっちかがこうしよう、というと、すぐ、それに賛成できること……〉

〈そやから、そういうとき、相手は〝忍〟の一字になってる、いうてまっしゃないか！〉

とイチブン氏が叫んだのと、

〈賛成できないときはどうするんですか！〉

とフィフティちゃんがどなったのは同時だった。おまけにフィフティちゃんは昂奮《こうふん》のあまり、ブランディの水割りのグラスを少し傾けてしまい、お酒がこぼれた。それは高価《たか》めの酒だから、ぞんざいに扱わないでほしい。

〈〝忍〟の一字があるというのは、これだけは譲れぬ、というところがあるからでしょ〉と私。

〈当り前ですよ、それを胸を擦《さす》って……〉

〈そんなん、放下《ほか》したらしまいやないの〉

信念なき私は平気で放言してしまう。

〈べつにどっちへ転んでも、人生、あんまり変れへんやろし。……どっちかが、こうしようか、いうたら、そやそや、そやね、と。ああしよか、いうても、そやわ、そうしましょうと。こんなんできるの、夫婦だけやないかなあ。おもしろいやん〉

〈あほらし。おもろいですまんことも、ありますよってな〉

〈けど、あんただって、結局は、おくさんの意見に従うわけでしょ〉

〈そやから、胸を擦って、〝忍〟の一字で……〉

〈結果として同じことになるんやったら、はじめから、賛成しとけば手数がはぶけてええやないの〉

〈いや、昼めしをうどんにするか、そばにするか、という議論ならともかく、子供の進学とか、ローン組んで家買う、なんてときは……〉

〈でも結局おくさんの言い分が通る、というのは向うの言い分、筋道たってるんやない？〉

〈うーむ〉とイチブン氏は唸《うな》り、〈向うが無理無理に通さしよる〉

　フィフティちゃんは、理解できないという。

〈なんでそこで、双方、納得するまで議論しないんですか？　賛成できないなら、できない、とハッキリいって、どの点が折衝の余地はあるのか、ここは譲れない、という一点はまずハッキリしておいて……〉

〈営業の仕事なら、それはできるけどなァ、女房あいてにしてもはじまらへんし〉

とイチブン氏はげんなりしている。

〈だから、どっちかの提案を、片方が必ず、そやそやという。スラスラ、シャーシャーと、OKする……〉と私。

〈どうしてもそう、いいたくないときは、どうしますか、譲れぬ一点で〉

フィフティちゃんはその一点にこだわるようである。

〈そこはもう、演技力ね、〝夫婦するには演技力〟なあんて〉

〈夫婦に演技力が要るんですか、それはまやかしじゃありませんか、偽りの夫婦ですよ〉

フィフティちゃんは、憤然、愕然《がくぜん》、という風情である。

〈なーに、そのうち演技力が地になってしまいますよ〉

〈それまでに演技力が尽きるかもしれない〉

〈なら、別れたらいいでしょ、合わせモンは離れモン、って昔の人はええこと、いうてはる——ところで、そうやって、譲れない一点をなくしてしまうと……〉

〈なくすとどうなりますか〉

〈肩肘《かたひじ》張らなくてラクでしょ〉

〈それはそやろうけど、しかしわだかまりがやっぱり残るな、〝忍〟の一字のわだかまりが……〉

とイチブン氏は彼なりにその一字にこだわりがあるらしい。

〈はやくその、肩肘張るクセがなくなるといいんだけどねえ〉

と私はしんそこ、残念である。

〈お昼ごはん、うどんにするか、そばにするかというのは、これは自分の好みやから、大問題ですよ。そうして相手とべつべつのものをとってもいいけど、そのホカのことは、どっちにしてもあんまり大きい問題やない、思うけどねえ。肩肘張ってるだけ、世の中が損する、と思うわ〉

〈なんで世の中が損なんですか？〉

と、これはフィフティちゃん。

〈うーん、夫婦が仲よくて、お互い〝忍〟の一字なんてモノがなくて、気持にわだかまりなくてスースーしていて、肩肘張らず、にこにこしてたら、まわりの人も、おのずと肩肘張らなくなるでしょう。世間にも、そういう気分がハヤります。ほかの夫婦にも伝染《うつ》って、大阪じゅうが肩肘張らないようになり、ニコニコし、何かあると、そ

らァよろしなあ、と賛成し……〉

〈でも、賛成か反対か、自分でもよくわからない人っているじゃないですか〉

フィフティちゃんは細部にこだわる。

〈そういう人はどうするんですか〉

〈そういう人は、わからない、といってもらいます〉

〈今日びは、正直にいうとバカにされるんですよね〉

〈なに、正直一途《いちず》、というので尊敬されますよ。——ともかく肩肘張らず、ニコニコと、——というのが国の方針となり、ついに地球上の方針となり……〉

〈なんか、悪酔いしてきました〉

とイチブン氏はやけくそのようである。

〈これによって、よき夫婦関係は、世の中に貢献し、建設的、かつ有用である、ということに……なりませんか〉

〈なりまへんよ、そんなもの。ぼくの〝忍〟の一字、のほうが、よっぽど夫婦関係、かつ世の中のためになってる〉

〈でもおたくが、じっと堪えて黙ってる、というのだけはいいところもありますね。

私、夫婦はお互いに黙ってられるところに、いい部分がある、と思うんです。沈黙の責任をとらなくてもいい気楽な間柄、いうことやから〉
〈そんなむつかしいもんやおまへんよ、一日、外で働いてしゃべり倒して、家でまでモノいうてられへん、というだけですヮ。女房がなンかいうても、〝そやな〟というだけ、それも、夕刊見ながらやから、半分、うわの空でね〉
〈あ？　それ、それです！〉
私はそこで一つのアフォリズムを思いついた。

夫婦円満、それを発展、拡張させて世の中を融和させる究極の言葉はただ一つ、
〈そやな〉（または〝そやね〟）
である。夫からでも妻からでもよい。これで世の中は按配《あんばい》よく廻る。

ついでにいうと、右の調和と安定の世界を暗示する言葉の対極は、前章に挙げた破局と別れの言葉〈ほな〉である。
私は甚だ満足であったが、イチブン氏とフィフティちゃんは、

〈あほらし〉

〈〝そやな〟ですんだら、世の中、苦労ないわ〉

と、やけになって私の秘蔵の高価《たか》めのブランディをぐいぐい飲《や》りだした。こればかりは〝そやね〟といえない。

人間のプロ

私は来年の春がくれば（四捨五入して）八十歳である。そこで人間にとって〝八十歳〟とは何だろうか、と考えた。

これは、自分のことをいうのでなく、人間として、〝あらまほしき〟八十歳のことである。

人間が〝人間のプロ〟になれる頃には、八十にはなっているだろう。

人間のプロ、なんてべつにならなくてもいいようなものだが、私は何によらず、プロというものに敬意を払っているので、人間のプロになれたら、生きやすいんじゃないか、と思う。

元来、生きるに難《かた》きこの世を、生きやすく過ごすとしたら、その人は生きることのプロではないか。

それって、どんな人だろう？

私には、その貌《かお》はつかめない。人間のプロは〝神サン〟に近いのかもしれないが、しかしやはり〝神サン〟とは、断固ちがう。私は今まで〈人間は神さまの招待客だ〉といいつづけてきた。今でもそう思っている。あるとき、何かの本で、西洋の先哲もそういっていると書いてあった。同じようなことを人は考えるものだ。人間はこの世のお客だから、気随気儘《きずいきまま》なことはできないようになっている。ヨソの家へあがりこんで、

〈あれ、下さい〉

〈これ、使わしてもらいまっさ〉

などとはいえないのと同じ。

こういう窮屈な現世で、ともかく生きやすく、できる範囲でたのしみ、この本のはじめに書いたような金属疲労もおこさず、まあまあの暮らしの煙を立てるとしたら、それは〝人間のプロ〟であろう。（しかしあんがい世の中にはプロも多いのかもしれ

ない。しかも何くわぬ顔で生きていられるようだ。プロを誇示しないから、プロ、ということもできる）

ただ、そういう境地に達する頃にはすでに八十歳に達しているだろうと私は思うのである。——残念ながら私はとてもそこまで到達し得ない。八十は目前に（五年なんて、すぐたってしまうだろう）迫っているというのに、だ。

そこでせめて、〝人間のプロ〟の条件を考えてみる。

（人間のプロ曰《いわ》く）年齢《とし》なんか、四捨五入することはない。

まあ、たしかに。四捨五捨すればいいのだ。もっと若年でも年齢の取りかたに個体差がある。

なるべく怒らぬよう。怒ると人生の貯金が減る。

今までの過ぎ来《こ》しかたを思うに、怒る、というのはすごいエネルギーが要ることで、しかも知恵も、あるいはカネも要るかもしれない。怒ったあと始末を、誰かが引き受けてくれるならいいが。……席を蹴《け》立《た》てて起《た》つ、というのは爽快《そうかい》で、人は人生で一度二度はたのしく空想するが、あとのお手当てを如何《いか》にせん。

昔、子供の頃、一月一日、四方拝《しほうはい》の日、講堂でおごそかに斉唱させられる小学唱歌、

〽年のはじめの例《ためし》とて　終《おわり》なき世のめでたさを　松竹《まつたけ》立てて門《かど》ごとに　祝う今日こそ楽しけれ（作詞・千家尊福《せんけたかとみ》）

子供たちは学校から帰るなり、即、唱《うた》い直す。

〽松竹ひっくり返して大騒動　あとの始末は誰がするゥ……

全くその通り。世の中には、〈ひっくり返し屋〉と〈もとへ戻《もど》し屋〉が要る。誰も戻してくれないなら、はじめからひっくり返さないほうがエネルギーを消耗しなくてすむ。

しかし怒りを怺《こら》えるエネルギーと、どちらが大きいか、ということになろう。そういうとき、人間のプロはどういうだろうか。

夜道《よみち》に日は暮れぬと心得よ。

〈急いでもしかたないやおまへんか。いつか、また、どっかで、必らず、パーッと発散するときも、おまっしゃろ。怺《こら》えて、怺えて〉

――なんていうかもしれない。怒らないでいると、人生的貯金がたまってゆく、というのだろうか。

人間のプロになるのも、また、難《かた》いかな、である。

プロは強い人である。なぜなら、自分の体調、自分の気分だけに忠実だから。

そこまでフツーの人間は強くなれない。強いからプロなのか、プロだから強いのか。私が文句をいうと、元来、不親切ではない〈人間のプロ〉のこと、同情して考えてくれるあんばい。

〈そうでんなあ、弱い、フツーの人間を、どないして、強うするか〉

と痩《や》せ腕を組んで考えこむ。ここに至ってやっと、〃人間のプロ〃が眼前に姿を見せる。

一見どうということなき、ただの爺《じい》さんである。婆さんはすでに死に、一人息子は離れ住んでいるが、当今のご時世では暮らし向きは楽でないとみえ、嫁がちょくちょく来て、爺さんから小遣いをせびる。貸してくれというが返ったためしはない。あるとき断ったらそれこそ席を蹴立《た》てて「帰りよった」。

その後、息子一家から音沙汰《おとさた》なし、爺さんは結句、気楽である。その頃から爺さんの〈プロ度〉はたかまったらしい。

爺さんはいう。

〈苦労からは逃げること〉

そのチエも、よく聞いたもの。「艱難《かんなん》、汝《なんじ》を玉にす」なんて格言は、昔はあったが、いくら苦労をしても、玉の如き人格にはなれなんだ。

苦労して人間はできない、ということを、今や、人はみな、身にしみて知った。かえって人が悪くなり、感性も情熱もすりきれてゆく。ただのこるのは憎悪や屈辱感、怨《うら》みつらみばかり。

とても人間のプロには遠い。

〈いや、そういう意味ではないのやが〉と爺さん。それから、ハタと横手を打ち、
〈うん、こういうたら、ようわかるやろか〉
と示したのは、もっと簡潔なことばであった。

目立つな。


爺さんはにんまりする。

〈あンたら、目立ちたい、いう苦労をしてるのを忘れてるやろ。この、〃目立ちたがり欲〃いうのは、厄介なもんやデ〉

目立ちたがり欲、ねえ。……ある人もない人もいるんじゃないかしら。男の人の出世欲、向上欲は強い、と思うけど、女は……。

〈あかんあかん、女の人も結構ある。女の人は、まわりと〃比《くら》べ欲〃というもんがある。ヨソはヨソ、うちはうち、という気ィにはならんので困るんや。目立とうとするから、あきまへん〉

そういえば、マラソンの先頭なんて目立つなあ。長丁場《ながちょうば》へさしかかり、みな、だれ

ているとき、後方から彗星《すいせい》のように走り出てきた選手。風を捲《ま》いて、トップを抜いて走り去る、なんて目立つなあ。

それから、最後尾、というのも目立つ。

みな忘れた頃に、やっと場内一周する、なんてのも一種のヒーローではあるが、目立つことであろう。

あっ、そうか、トップもビリも目立つ、とすれば、まん中の団塊で、ごちゃごちゃと走っているのが、まぎれていいのか。〈そうそう〉と爺さんはうなずき、ついで〈プロ〉の心得もう一つ。これを心得ると苦労せんですむ、という。

まぎれてしまえ。

といったのか、それとも、

まみれてしまえ。

といったのか、判然としない。

〈うん、ワシ、入れ歯の具合悪うてな、ときどき、落っこちよりまんねん。まあしかし、まぎれる、と、まみれる、どっちゃでもよろし。おんなじこっちゃ〉

人生のプロは、人生コースのマラソン、団塊のまん中あたりで、目立たず、粒立たず、その他大勢の中に「まぎれ」入り、あるいは「まみれて」しまうのがよいという。人まみれ、世間まみれ、動物の保護色よろしく、あたりにまぎれるというのが——生きやすし、という。

なるほど。

そうやって、実はひそかに、こっそり幸福の蜜《みつ》をなめてるのがいい、ということだろうか、自分の体調、自分の気分だけに忠実、というのは。

自分の家族や友人、自分の手に合うほどの仕事を愛し、大切にする。目立たず、人にまぎれ、世にまみれよ——ということか。

ねえ、そうなんでしょ、とフッーの人間たる私は、〝人間のプロ〟たる爺さんにいってみたが、もうそのへんにいず、声ばかりきこえてくる。

〈へへ、いま、神サンからケータイで呼ばれましてな。呼ばれたら、まだ早いやの、

なんであいつよりワシが先やねん、などとゴテたりせず、ハイハイと、すぐ起《た》ってい
く。これがラストの〝プロのコツ〟でんなあ……〉
爺さんの声はたのしげながら、遠くなっていく。ははあ……。
引き際にもプロのコツが要るのか。どうも八十歳だからプロになれる、というもの
でもないような気がしてきた。私など、いま、神サンのケータイが鳴ったら、あわて
るだろうから。

別れ

久しぶりに、イチブン氏、フィフティちゃんのメンバーで、お酒を飲んでいた。今夜の話のテーマは、

〈男と女の別れかた〉

である。

イチブン氏は、私と〝おっちゃん〟みたいな別れかたがベストだという。それは何かというと、片や、〝おっちゃん〟は、

〈ほな〉

と起《た》っていき――この、ほなについては前に詳述した、〝ほんなら〟の短縮形で、〝そんならサイナラ〟の意味もあるし、ほんまは別れとうないのやが、宿命と天体の運行により（何でここへ天体が出てくるのやらわからないが）本意やないがお別れさ

せて頂きます、イロイロの意味でありがとサンでした、という風合《ふうあい》の言葉である――

そして私もまた、

〈ほな〉

と送る。それがいい、という。そうかなあ。私と〝おっちゃん〟は〈ほな〉同士かなあ。

〈そやないですか〉とイチブン氏。〈ま、古風にいうなら、おっちゃんは従容《しょうよう》として死んで、おせいさんは新盆《にいぼん》やというのに、ぼくらと酒飲んであはあは笑《わろ》てる、いうのは、これこそ〝ほな〟の別れ、いうもんと違いますか。サッパリしてて、あとくされないやないですか。男と女の別れの最高の形です〉

ま、片方は、冥界《あっち》へいったのだから、あとくされもへちまもないわけであるが。

〈すると、男と女、あとくされなく別れようとすれば、どっちかと死別しなきゃ、だめということになるじゃない？〉とフィフティちゃん。〈でも、双方、ピンピンしてて、相手を殺すわけにもいかず――というときが困るのよ〉

〈双方、その気になってればいいけど、片方に未練があったりすると、かなり、じたばたするでしょうね〉と私。

〈いや、そこですワ〉とイチブン氏は、自分のグラスに、ウイスキーをどんどんつぐ。つぐたびに濃くなってる気がする。氷をそこへ抛《ほう》りこみ、グラスを揺すってまぜ合わせ、

〈男としては、――一般的な場合の話でっせ――、〝飽きた〟とひとこと、いいたい、しかしそれをいうと血の雨が降るかもしれん〉

〈当り前でしょう〉とフィフティちゃんは、イチブン氏より濃い目にウイスキーをグラスについで吠《ほ》えたける。どちらのも、私のウチの、私のウイスキーである。

〈だって、双方、恋し合ったからの仲でしょ、男が勝手にストーカーになったわけではないんでしょっ、それを〝飽きた〟とは何よ〉

〈それはそやけど〉

〈恋愛って、期末決算じゃないからして、ハッキリ結果を出しゃいいってもんじゃないでしょ、粉飾決算しろというんじゃないけど、うやむや、なあなあ、のうちに、くしゃくしゃにして――きっちり折りたたんじゃだめ――、ポケットへねじこんでしまう、というの終りかたしか、ないのん違う？　それが男の器量やわ。〝飽きた〟なんてミもフタもないわ〉

〈しかし別れるときには、女の器量も要るでしょう?〉と私。

〈そう、そこですがな〉と強調するイチブン氏。

〈女の器量は年齢《とし》にもよりますな。若い女は〝気散《きさん》じ〟です。あ、気散じ、っていうのは明るうてパッパとしてて、好奇心や関心がすぐホカにうつりやすいこと。いったんはキッキッと怒っても、別口あったらひょいとそっちへ関心が向いて、あとくされない〝ほな〟になります〉

イチブン氏は一口すすって舌をしめらせ、

〈中年のご婦人となると、転んでも自分で起きる気力体力がある。老年のご婦人は……〉

〈え、あんた、守備範囲広いねえ、老年のご婦人まで営業品目に入ってんの?〉と私。

〈いやいや、物のたとえ、ですがな。老年のご婦人は新文化の導入より、今までの蓄積をあとからじっくり、思い出で追体験するほうをお好みですよって、深追いはなさいません。――そこへくると、いちばん困るのは、〝中年でおぼこ〟なんていうタイプ〉

と、イチブン氏がいったので、彼の人生戦線の戦況も、そこはかとなく、かんぐられる、というものであった。

〈こういう人は、いちずになりがち。学問・研究に一途《いちず》に励む、とかいうのはよろしいが、人生のいちずは手のつけようがおまへんな。——こういうとき、双方、納得、しゃあないな、ほな、といえる、別れのキメ言葉、というのは、ないもんでっしゃろか〉

〈それは男からはむつかしいかもしれない〉

とフィフティちゃん。

〈でもたった一つ、方法がある〉

〈何ですか、それは〉

イチブン氏は恥も外聞もなくむさぼり聞く。

〈女から〝別れ〟をいわせること〉

〈そんな高等テクがありますかねえ〉

〈そう持っていくのね。女のほうから、ゴメンナサイ、もう愛してないって、いわせると無理なく別れられるわよ〉

〈そう、スマートにいくかなあ。それに〉

とイチブン氏は少し考え、

〈そういわれると、男のほうはかえって、なにをッ！……なんて、逆効果になったり、せえへんやろか〉

〈なにさ、鈍《どん》くさい。未練たらしい、往生際のわるいこと、いわないでよ〉

〈男はな、大体が、鈍くさい、未練たらしい、往生際のわるいもんなんじゃ！〉

べつにイチブン氏とフィフティちゃんが別れる、切れる、というのではないのに、言い合いになってしまう。それぞれの人生の反映であって、みな、あちこち、古疵《ふるきず》やほころびがあり、なんぞというと、つい、そこへ引っかかるのであろう。

〈まあ、さ〉と私は割って入り、〈昔から、別れろ切れろは文学のモチーフの一つでね、〝別れろ切れろは芸者のときにいう言葉〟って、『湯島の白梅』にあるでしょ。別れのセリフなんて、いちばんむつかしい。人間の力量を問われることですからね〉

〈くどくのはやさしいんやが〉

とイチブン氏がいえば、フィフティちゃん、

〈あ、そっちだってむつかしいわよ、簡単にくどける、なんて思ってたって、そうはいかないわよ。男と女、関心と興味のありどこは違うし〉

〈まあ、な。逢《あ》うときでも、女は、何を着ていこうかと着るもんを考えるらしいけど、男は、逢《お》うたら、服を脱がすことしか、考えてえへん〉

〈そんなことと違うったら！〉

どうも今夜は、揉《も》めやすいようだ。

〈私、フト考えたんだけど〉

と私はいった。

〈双方、揉めずに別れるには――というのが、大人の命題でしょ〉

〈ま、そうなりますなあ〉

〈昔、はやった、「ラブ・イズ・オーヴァー」って歌、ねえ……〉

〈はいはい、欧陽菲菲《オーヤンフェイフェイ》が唄《うた》ってた、あれね〉

〈そう、あれも別れどきの歌でしょ、ところで〉と私はイチブン氏に訊《き》く。〈あの、オーヴァーと、フィニッシュ、と、どう違うの？〉

〈いや、ぼくもようわからへんけど〉と、イチブン氏はとまどいつつも、

〈フィニッシュ、いうたら、ま、ともかく一応、終った、いう感じやろか。オーヴァーは、もうスッカリ完了、すんだことはすんだこと、いう意味とちゃいますか〉

〈なるほど。じゃ、フィニッシュは、終るにしてもまた、焼けぼっくいに火がつく、という可能性もあり得る、と……〉

〈そのへんは、英語の権威に聞いて下さい、しかしそんな感じと、違《ちゃ》いますか〉

イチブン氏はにわかに謙虚である。

〈そうか、それで、ラブ・イズ・オーヴァーなんですね。あの中に、

〽終わりにしよう　きりがないから……（作詞・伊藤薫）

という文句がありますね〉

〈あ。あたし、あの歌、好きなんですよね〉

フィフティちゃんは唄う。

〈その、「キリがない」というのは、男からでも女からでもいえるんじゃないかしら、別れのセリフとしては、ですね〉

〈どういう意味や、と開き直る女もいるでしょうな〉イチブン氏は懐疑派らしい。

〈キリまで来たら、また、ピンから始めたらエエやないか、とゴロまく女もいるかもしれん。何にしても、女からはいえても、男からはいえまへんなあ。男がキリがないからやめよか、なんていうたら、撲《は》っ倒されてしまう〉

そうか。

むつかしいもんだなあ。別れのセリフって。

〈でも考えようによっては、簡単やけど〉

イチブン氏は述懐する。

〈実をいうと、つくろうから、言い辛《づら》いのでありましてねえ。……キリがないとか、〝ほな〟とか、いろいろ考えるんやけど、ホンマのとこは、タマがつづかんのですワ〉

〈タマ？〉

〈中年のナニは、金、かかりますよってな〉

そッか！

そこがある。中年の恋には金がかかる。夢中のときは夢中で持ち出すが、後方の補給が続かないと、戦闘能力は下向線を辿《たど》る。

そういうとき、自省してふと、〈ワイ、何やってんねん、キリないやないか〉となるか。

これは、持ち出し側からの嘆息であろう。

〈よってかつての絶唱、「ラブ・イズ・オーヴァー」は、女からの持ち出しの歌であ

ったとわかるのである。持ち出される側の年下男はキリがない、とはいわないだろし〉

〈正直にそういえばいいじゃない？〉フィフティちゃんは、毫《ごう》もイチブン氏に同情はないらしい。〈タマが続きません、って〉

〈しかし男には、見栄もあればテレもあり……〉

イチブン氏の嘆息はおいて、この原稿も、キリがないというところで、ひとまず措《お》こう。

さりながら、私とフィフティちゃんがイチブン氏を慰めてやった言葉は、〈ま、人生はだましだまし保ってゆくもの、ゴチャゴチャしてるうちに、持ち時間、終るわよ〉であった。

本書は、二〇〇三年三月に小社より
単行本として刊行されました。

人生《じんせい》は、だまし だまし

田辺《たなべ》聖子《せいこ》

角川文庫 13729

平成十七年三月二十五日 初版発行
平成二十一年十月二十五日 二十一版発行

発行者—井上伸一郎
発行所—株式会社角川書店
東京都千代田区富士見二—十三—三
電話・編集 (〇三)三二三八—八五五五
〒一〇二—八〇七八

発売元—株式会社角川グループパブリッシング
東京都千代田区富士見二—十三—三
電話・営業 (〇三)三二三八—八五二一
〒一〇二—八一七七
http://www.kadokawa.co.jp

印刷所—暁印刷 製本所—千曲堂
装幀者—杉浦康平

た 5-54 ISBN978-4-04-131433-3 C0195

角川文庫発刊に際して

角川源義

第二次世界大戦の敗北は、軍事力の敗北であった以上に、私たちの若い文化力の敗退であった。私たちの文化が戦争に対して如何に無力であり、単なるあだ花に過ぎなかったかを、私たちは身を以て体験し痛感した。西洋近代文化の摂取にとって、明治以後八十年の歳月は決して短かすぎたとは言えない。にもかかわらず、近代文化の伝統を確立し、自由な批判と柔軟な良識に富む文化層として自らを形成することに私たちは失敗して来た。そしてこれは、各層への文化の普及滲透を任務とする出版人の責任でもあった。

一九四五年以来、私たちは再び振出しに戻り、第一歩から踏み出すことを余儀なくされた。これは大きな不幸ではあるが、反面、これまでの混沌・未熟・歪曲の中にあった我が国の文化に秩序と確たる基礎を齎らすためには絶好の機会でもある。角川書店は、このような祖国の文化的危機にあたり、微力をも顧みず再建の礎石たるべき抱負と決意とをもって出発したが、ここに創立以来の念願を果すべく角川文庫を発刊する。これまで刊行されたあらゆる全集叢書文庫類の長所と短所とを検討し、古今東西の不朽の典籍を、良心的編集のもとに、廉価に、そして書架にふさわしい美本として、多くのひとびとに提供しようとする。しかし私たちは徒らに百科全書的な知識のジレッタントを作ることを目的とせず、あくまで祖国の文化に秩序と再建への道を示し、この文庫を角川書店の栄ある事業として、今後永久に継続発展せしめ、学芸と教養との殿堂として大成せんことを期したい。多くの読書子の愛情ある忠言と支持とによって、この希望と抱負とを完遂せしめられんことを願う。

一九四九年五月三日

ジョゼと虎と魚たち

田辺聖子

ジョゼは幸福を考えるとき、
それは死と同義語に思える。
完全無欠な幸福は、死そのものだった——。

ロング・ベストセラー文庫

映画化作品

ロング・ベストセラー文庫
ロング・ベ

ISBN 4-04-131418-6
角川文庫

角川文庫ベストセラー

茉莉花茶を飲む間に　林　真理子

南青山の紅茶専門店に、オーナーの和子を慕って集まる若い女性客。彼女たちが語る、輝かしいはずの若さに立ちふさがる冷やかな「現実」とは。

マリコ・ジャーナル　林　真理子

ジャーナリスティックな見識と本質を見透かす目がとらえた、社会、ファッション、映画、暮しなど。世の様々な出来事とその機微を軽快に綴る。

次に行く国、次に恋する国　林　真理子

少々の嘘も裏切りも遠い旅先なら許される。そんな解放感にそそられ、パリ、NY、ロンドンなどで生まれて消えたロマンチックだけど危うい恋。

イミテーション・ゴールド　林　真理子

恋人のために株投資、化粧品のネズミ講販売と手を拡げたブティック勤めの福美は、ついに自らの体を商品に。二人の愛と信頼を夢が崩し始めた。

贅沢な恋愛　林真理子、北方謙三、藤堂志津子、村上　龍、森　瑤子、山川健一、山田詠美、村松友視

愛の輝きを宝石箱にそっと仕舞いこんでゆく恋人たち。どんな愛し方愛され方が贅沢なのか――八つの宝石をテーマに八人の作家が描く愛の物語。

原宿日記　林　真理子

一九九〇年六月の結婚から始まる作家の日記。原稿執筆に講演、趣味の日本舞踊やオペラ、毎日のお献立など、超多忙だが楽しくも刺激的な日々。

贅沢な失恋　林真理子、北方謙三、藤堂志津子、村上龍、森　瑤子、山川健一、村松友視

別れの予感をはらみながらテーブル越しに見つめあう二人……。当代一流の恋愛小説の名手による別れの晩餐。最高に贅沢な短篇集。

角川文庫ベストセラー

ピンクのチョコレート　林　真理子

贅沢と快楽を教えてくれた男が事業に失敗、最後の〝愛情〟で新しいパトロンに引継ぎを頼むが。自分で道を選べない女の切ない哀しみ。（山本文緒）

美女入門　林　真理子

お金と手間と努力さえ惜しまなければ誰にでも必ず奇跡は起きる！　センスを磨き、体も磨き、自ら「美貌」を手にした著者のスペシャルエッセイ！

美女入門　PART2　林　真理子

モテタイ、やせたい、きれいになりたい！　すべての女性の関心事をマリコ流に鋭く分析&実践！大ベストセラーがついに文庫に！

無印良女《むじるしりょうひん》　群　ようこ

群ようこ、ブレイクの原点となった初文庫。ブランド志向も見栄もなく、本能のままに突っ走る、「無印」の人々への大讃辞エッセイ。

アメリカ居すわり一人旅　群　ようこ

「アメリカに行けば何かがある」と、夢と貯金のすべてを賭けて遂に渡米！　普通の生活をそのままアメリカに持ち込んだ、無印エッセイアメリカ編。

無印ＯＬ物語　群　ようこ

あこがれの会社勤め、こんなはずではなかったのに……。困った上司や先輩に悩みつつも決して負けないＯＬたち。元気になれる短編集。

無印結婚物語　群　ようこ

マザコンの夫、勘違いな姑……。それぞれの夢と欲をふくらませた結婚生活が、「こんなもんか」と思えるまでの12のドラマティック・ストーリー。

角川文庫ベストセラー

無印失恋物語　群　ようこ

無難な恋と思っていたのに、破局が突然やってきた。言いつくせない無念さと解放感が新たな恋へとかりたてる明るいハートブレイク・ストーリー。

ホンの本音　群　ようこ

食品成分表、ぴあマップ文庫、編み物の本、そして古典、名作、新作。シンプルでユニークな群ようこの活字生活が浮かび上がる読書エッセイ。

無印不倫物語　群　ようこ

あこがれの彼に超ブスの奥さん、清楚な美人が実は……。恋にトラブルはつきものと、覚悟はあってもまさかの事態。明るい略奪愛の物語。

無印親子物語　群　ようこ

とんでもなくてトホホな親たち。これも運命とあきらめるか、反発するのか？　親子愛の名の下で繰り広げられるなんでもありの家族ストーリー。

無印おまじない物語　群　ようこ

恋愛、結婚、就職に効くおまじないがこんなもの!?　人よりも得したいあなたへ贈る、おかしくて少しせつない大人気シリーズ、最終巻。

贅沢貧乏のマリア　群　ようこ

父森鷗外に溺愛されたご令嬢が安アパート住いの贅沢貧乏暮らしへ。夢見る作家森茉莉の想像を絶する超耽美的生き方を綴った斬新な人物エッセイ。

キラキラ星　群　ようこ

賭博好き、ムショ帰りのハードボイルド作家緑川と元気いっぱいの編集者ひかり。二人の愛の同棲生活は公共料金も払えない貧乏な日々だった。

角川文庫ベストセラー

飢《う》え　群ようこ

文学への夢と母との強い絆によって貧乏のどん底からはい上がってきた作家林芙美子。その生涯を現代の人気作家がたどる、苛烈で愛しい新評伝。

負けない私　群ようこ

うるさい姑、常識はずれの娘、わがままな姉、オタクな兄……。何の因果で家族になった!? トホホな家族に振りまわされる泣き笑い10の物語。

午前零時の玄米パン　群ようこ

暴れん坊の幼少期、冴えない青春の日々、ビックリ続きのOL時代のあれやこれや。「群ようこ」の出発点となった無敵のデビュー作!

活!　本文　群ようこ　写真文　もたいまさこ

スキー、顔マネ、山菜採り、フリーマーケット。作家と女優が師に導かれ11種目に取り組んだ汗と涙と笑いの全記録。入門書としても役立つ一冊。

パイナップルの彼方　山本文緒

コネで入った信用金庫で居心地のいい生活を送っていた鈴木深文の身辺が静かに波立ち始めた! 日常のあやうさを描いた、いとしいOL物語。

ブルーもしくはブルー　山本文緒

派手な蒼子A、地味な蒼子B、ある日二人は入れ替わった! 誰もが夢見る〈もうひとつの人生〉の苦悩と喜びを描いた切ないファンタジー。

きっと君は泣く　山本文緒

桐島椿、二十三歳。美貌の彼女の周りで次々に起こる出来事はやがて心の歯車を狂わせて…。悩める人間関係を鋭く描き出したラヴ・ストーリー。

角川文庫ベストセラー

ブラック・ティー　山本文緒

誰だって善良でなく賢くもないが、懸命に生きている——ひとのいじらしさ、可愛らしさを描いた心洗われる物語の贈り物。

絶対泣かない　山本文緒

仕事に満足してますか？　人間関係、プライドにもまれ時には泣きたいこともある。自立と夢を求める女たちの心のたたかいを描いた小説集。

魚の祭　柳美里

弟の急死をきっかけに再会した波山家のねじれた愛情をあぶりだす表題作など、家族、学校のなかに青春の畏れと痛みを刻んだ、清新な第一作品集。

家族の標本　柳美里

社会の最小単位、万人のルーツでもある家族という名の病とぶつかり合い。今そこにある人々の心。淡々とした語りかけが深い共感を呼ぶエッセイ集。

グリーンベンチ　柳美里

真夏のテニスコートで再会する、母と娘の確執を一個のベンチに配置した表題作ほか二作を収録。家族の心の闇を描き、混迷の時代に輝く傑作集。

私語辞典　柳美里

合鍵、嘘、男、教師、別れ……。さまざまな情景と想い出に彩られた44の言葉を取り上げ、作家柳美里の「人生」を凝縮してみせた極私的辞典。

水辺のゆりかご　柳美里

家族のルーツ、両親の不仲、家庭内暴力、いじめ、そして自殺未遂——。家族や学校、社会との葛藤の中を歩む自らの姿を綴った記念碑的作品。